이것이 법이다

이것이 법이다 165

2023년 8월 16일 초판 1쇄 인쇄
2023년 8월 21일 초판 1쇄 발행

지은이 자카예프
발행인 강준규

기획 이기헌 왕소현 임동관 박경무 강민구 조익현
책임편집 최전경
마케팅지원 이원선

발행처 (주)로크미디어
출판등록 2003년 3월 24일
주소 서울시 마포구 마포대로 45 일진빌딩 6층
Tel (02)3273-5135 **Fax** (02)3273-5134
홈페이지 rokmedia.com **E-mail** rokmedia@empas.com

ⓒ 자카예프, 2015

값 9,000원

ISBN 979-11-408-0634-8 (165권)
ISBN 979-11-255-9575-5 04810 (세트)

이것이 법이다

165

자카예프 장편소설

로크미디어

CONTENTS

천재는 있다

　세상에는 천재란 족속이 있다.

　그리고 노형진이 법조계의 천재인 것처럼 다른 분야에도 천재는 있다.

　수학의 천재, 춤의 천재, 의학의 천재, 그림의 천재 등등.

　그리고 마이스터에는 그런 천재들을 지원하는 인재 지원 프로그램이 존재한다.

　단순히 장학금을 주는 걸 넘어서 체계적인 훈련과 좋은 스승을 매치해 준다.

　돈 때문에 천재가 재능을 펼치지 못하는 일이 없도록 하기 위해서다.

　이는 한 명의 천재가 문화를 수십 년 발전시킬 수도 있고 수천 명 수만 명을 살릴 수도 있기 때문이다.

하지만 천재라고 고난이 없는 건 아니다.

그리고 천재에게도 거의 범용으로 통하는 고난이 있다.

고난에 범용이라는 말이 웃기기는 하지만, 그만큼 천재에게는 흔하게 생기는 일이라는 뜻이다.

"저는 다른 곳에 가고 싶지 않아요."

"흠."

노형진은 자신을 찾아와 단호하게 말하는 강원홍을 보며 입맛을 다셨다.

"원홍아, 미안하지만 이건 방법이 없어."

"이게 말이 되느냐고요. 저를 키워 주려고 저희 팀에서 얼마나 노력을 했는데 이제야 제가 좀 성공하니까 이게 말이 되느냐고요!"

"일단은 네가 미성년자니까……."

"저는 진짜 가기 싫어요, 변호사님."

강원홍. 나이 16세. 미성년자다.

하지만 소위 말하는 천재의 반열에 들어서 있는 아이다.

정확하게는 프로게이머 업계에서 엄청난 피지컬을 가진 아이다. 고작 열여섯 살인데 메달을 휩쓸고 다니고 있으니까.

개인전 8회 우승, 팀전 4회 우승한 전적이 있다.

〈워든〉이라는 글로벌 게임에서 가장 유명한 스타가 될 거라 생각되는 강원홍의 피지컬은 이제 막 시작한 수준인데도 그 정도였고, 못해도 10년 이상은, 어쩌면 〈워든〉이라는 게임이 게임으로써 운영되는 동안에는 최고의 자리에 있을 거라는 이야기가 나오고 있었다.

"부모님께는 말씀드렸니?"

"네, 그런데 그런 시궁창 같은 팀에서 나와야 저한테 미래가 있대요."

"시궁창이라……."

그 말에 노형진은 쓰게 웃었다.

강원홍이 속한 팀인 저거너트는 거지 같은 팀이라는 소리를 들을 정도는 아니니까.

물론 그를 지원하는 회사가 중견 기업이고 승률도 딱히 높지는 않다.

사실 팀전 우승 4회라는 결과도 다들 강원홍이 없었다면 불가능했다고 말할 정도로 강원홍은 해당 게임을 캐리 했었다.

좋게 표현하면 중간 수준이고, 나쁘게 표현하면 강원홍이 없었다면 승리는커녕 준결승전 진출조차도 가능성이 낮은 그런 팀.

"프런트에서는 무조건 가라고 하고."

"감독님은 말리고?"

"네."

노형진은 그 말에 대충 상황이 이해가 갔다.

'프런트 입장에서는 돈이 우선이니까.'

모든 프로 리그에서 이적료 방식을 도입했기에 이적하기 위해서는 원소속사에 돈을 줘야 한다. 이건 한국 〈워든〉 프로 리그도 마찬가지.

상대적으로 규모가 작고 가난한 저거너트 입장에서는 그 이적료 수익을 포기하기 쉽지 않을 거다.

"상대측 회사가 나이트시티라고?"

"네."

"그럴 만하네. 내가 잘 아는 건 아니지만."

〈워든〉은 미국에서 개발한, 전 세계에서 즐기는 게임이다.

한국은 그중에서 가장 유명한 격전지 중 하나이며, 나이트시티는 한때 그런 한국에서 언제나 톱 랭킹에 올랐던 곳들 중 하나다.

"그 새끼들, 조또 할 줄 모르면서."

"어허! 학생이 좋은 말 써야지. 실력에 관해서야 뭐, 그래. 잘 알지."

문제는 그 나이트시티가 인기와 비례해서 딱히 잘하는 건 아니라는 거다.

한국 최고의 프로게이머 팀이라고 어필하고 실제로도 가장 많은 인기를 끌고 있긴 하지만, 정작 나이트시티는 〈워든〉 글로벌 경쟁전에서 최근 3년간 단 한 번도 우승한 적이 없다.

아니, 최근에 한국에서도 우승한 적이 없다.

우승은커녕 준우승조차 없다. 그들의 작년 최고 성적은 6위.

월드컵처럼 글로벌 리그가 단 한 개만 있는 게 아니라 세계적으로 국제경기가 제법 다양하게 있는 게임의 특성을 감안하면 현재 나이트시티는 아주 처참하게 몰락하고 있다고 봐도 과언이 아니었다.

'자존심 하나로 버티는 나이트시티 입장에서는 좀 짜증 나겠지.'

물론 나이트시티가 한때 〈워든〉을 비롯한 주요 게임에서 좋은 성적을 낸 건 부정할 수 없는 사실이다.

하지만 그걸 위한 행보가 문제였다.

감독이라는 작자가 성적을 내기 위해 선수를 집단 폭행하고, 패배했을 때는 아예 정신 주입봉이라고 만들어 둔 각목으로 구타했던 것이다.

심지어 여성 선수들을 성추행하기도 했다.

그러다가 참다 못한 선수들이 결국 언론에 폭행과 성추행 사건을 터트렸으나 그 모든 사건들에도 개의치 않는다는 듯 감독에게는 아무런 처벌도 없었고, 심지어 그다음 감독으로는 웬 낙하산이 부임했다.

한국에서 가장 유명한 제과 회사인 SSC.

그곳에서 온 감독은 〈워든〉 랭크가 다이아도 아닌 골드였다.

사실상 인맥을 통해 하늘에서 뚝 떨어진 놈이 프로게이머들의 감독을 맡았으니 제 역할을 해낼 수 있을 리가 없다.

그나마 주장이었던 선수가 감독 노릇까지 하면서 버틸 수 있을 때까지 버텼지만 또다시 폭행과 욕설 사건에 심지어 일부 선수의 게임 조작 사건까지 터져 버리면서 나이트시티는 그대로 나락으로 떨어졌다.

그렇게 나이트시티는 선수들이 가장 기피하고 싶어 하는 팀이 되어 기존 주장을 비롯한 실력 있는 선수들은 죄다 빠져나와 버렸고, 결국 팀에는 프리로 풀리지 않아서 어쩔 수 없이 남은 선수들만 존재하게 되었다.

결과적으로 나이트시티는 막대한 돈을 투자한 것치고는 형편없는 팀이었다.

그런데도 백이 얼마나 든든한지, 이 지경이 났는데도 불구하고 감독은 여전히 잘리지 않고 그대로였다.

그것만 봐도 얼마나 팀이 개판일지 충분히 추측할 수 있었다.

"그 사실은 너희 팀도 알 텐데. 결국 이적료가 문제라는 건가?"

"네. 그런데 저는 진짜 가기 싫어요. 나이트시티 애들이 하는 짓거리를 보면 구역질 난다고요."

"이해는 가."

처음에는 감독 하나만 문제였을 테지만 이제는 아니다.

리더가 폭력을 쓰면 자연히 아래에서도 폭력을 쓰게 되는 게 조직이다.

실제로 나이트시티는 선수들 간의 폭력이 딱히 비밀도 아니라는 소문이 돌 정도로 분위기가 개판이다.

승리를 위한 마인드도 문제다.

이길 수만 있다면 무얼 하든 상관없다, 이게 현재 나이트 시티를 이끄는 감독의 마인드다.

이를 증명하듯, 아무리 그래도 감독이라는 놈이 랭킹이 골 드가 뭐냐는 항의가 들리니까 〈워든〉 글로벌 경쟁전에서 대 놓고 핵을 쓰다가 걸리기도 했다.

당당하게 연습해서 실력을 키운 게 아니라 실적만 어떻게 든 올려 보겠다는 심산인 것이다.

그러다가 〈워든〉에 걸려서 계정을 압류당했다.

그렇게 기존 계정이 사라진 감독은 새로운 계정을 만들어 야 했는데, 그 결과 현재 감독의 랭크는 아이언.

〈워든〉의 최하위 등급이었다.

"그런데도 엄마랑 아빠는 무조건 나이트시티로 가래요."

"그럴 만도 하지."

나이트시티에서 강원홍에게 제시한 조건은 무려 연봉 10 억. 절대로 무시 못 할 수준이다.

강원홍이 지금 받고 있는 연봉이 고작 1억이니까 갑자기 열 배가 뛰는 셈이다.

"프런트에서도 자꾸 가라고 하는데 미치겠어요."

"아마 이적료가 있어서 그럴 거야."

여전히 강원홍은 저거너트의 선수이기에 당연히 계약된 기간이 남아 있다.

소위 이적이라는 형태로 나이트시티에 넘어가기 위해서는 소속 팀인 저거너트의 동의가 필요하다.

"자세한 계약 내용은 모르지만 네가 10억을 받을 정도라면 이적료는 못해도 50억 이상이겠지."

누차 말하지만 저거너트는 딱히 큰 회사 소속도 아니고 돈이 넘치는 곳도 아니다.

그런 곳에서 이적료로 50억을 준다고 하면 그들은 만세를 부를 수밖에 없다.

아마도 그 50억이라는 돈은 저거너트의 2~3년 치 운영비는 될 테니까.

"이거 방법 없을까요? 네?"

"흠…… 이게 문제네."

강원홍은 미성년자다. 즉, 그의 모든 법률행위는 법정대리인이 할 수밖에 없다.

문제는, 법률상 그걸 미성년자가 거절하는 것이 불가능하다는 거다.

예를 들어 부모님이 학원에 강제로 보낸다고 하면, 등록하는 순간 학생은 그 학원에 다녀야 한다.

꿈이 가수인데 수학 학원을 가기 싫다고 하는 거? 그건 욕만 먹을 뿐 거부권은 행사해 봐야 의미가 없다.

"이거야 원."

종종 이런 경우가 있다. 아이와 부모의 의견이 대립하는 경우 말이다.

하지만 그런 경우 상당수는 부모님의 의견이 맞다.

왜냐하면 부모님은 사회적인 경험도 있고 미래에 대한 가치판단도 할 수 있기 때문이다.

그에 반해 미성년자는 대개 미래에 대한 가치판단을 하기 어려워서 지금이 더 중요하다고 생각한다.

'실제로 그런 경우가 많기도 하고.'

과거에 남아프리카공화국에 천재 스프린터가 나타난 적이 있다. 말 그대로 엄청난 기량을 가진 단거리 선수였다.

더 놀라운 건 그녀가 무려 발가락을 세 개나 사고로 잃은 상태였다는 거다.

별거 아닌 것 같지만 단거리에서 발가락은 발을 지지해 주는 지지대 역할을 한다.

빨리 달릴 때는 속도를 내기 위해 몸이 절로 앞으로 숙여져서 뒤꿈치가 아닌 발가락과 앞꿈치로 버티며 달리게 되기 때문이다.

말 그대로 인간 승리의 현장. 그리고 천재성.

그녀의 천재성에 수많은 기업들이 환호했고 그녀에게 지원을 약속했다.

심지어 광고도 찍었다.

만일 그녀가 엉뚱한 선택만 하지 않았다면 그 환호는 지속되었을 것이다.

고작 열아홉 살에 임신 후 출산.

하루하루 기량을 가다듬어야 하는 단거리 스프린터에게는 치명적인 실수였다.

물론 자기 딴에는 사랑 때문에 한 선택이라고 생각할 수도 있다.

하지만 멍청한 짓이었다.

왜냐하면 그 순간부터 그녀는 천재도, 인간 승리의 산증인도 아니게 되었으니까.

사랑이라는 이름으로 출산을 선택한 그녀는 그로 인해 다시 예전에 살았던 남아프리카공화국의 가난한 빈민촌으로 돌아갔다.

딱 3년만 버텼다면 그녀의 가족도, 그녀도, 그리고 그녀의 자식도 빈민가가 아닌 부촌에서 삶을 살았을 텐데 말이다.

'그 뒤는 안 봐도 뻔하지.'

그 후의 이야기는 알려지지 않았지만 노형진은 안다.

보통 그런 경우 남자는 그 여자애를 진짜로 사랑한 게 아니라 시궁창 같은 세상에서 벗어날 도구로 쓰고 싶어서 다가간 거라는 걸.

만일 진짜로 사랑하는 사람이었다면 고작 열아홉 살 나이의 여자애를 임신시켜서 미래를 박살 내지는 않을 테니까.

'문제는 보통은, 이라는 거지. 부모의 선택이 다 맞는 건 아니니까.'

특히 천재적인 영역에 관해서는 다른 문제도 있다. 바로
돈이다.

돈이 걸려 있으면 부모는 자녀의 미래보다 종종 지금의 돈
에 집중하게 된다.

"나이트시티로 보내는 게 좋은 선택은 아닐 것 같은데."

"변호사님도 그렇게 생각하시죠?"

"뭐, 당연하다면 당연한 일이지. 나이트시티니까."

나이트시티는 그리 좋은 선택지가 아니다. 왜냐하면 지금
이 강원홍의 몸값이 올라가는 시기이기 때문이다.

아마도 내년쯤 되면 더 많은 돈을 주고 강원홍을 데려가려
하는 팀이 해외에서도 등장할 거다.

한국이야 워낙 시장이 작아서 10억이 어마어마한 돈이지
만 해외에서는 돈을 더 받을 수 있다.

수백억대도 가능한 게 현실.

당장 현재 〈워든〉의 프로 랭크 1위인 선수의 연봉은 120억.
광고비와 기타 수익까지 합하면 매년 수백억을 벌어들인다.

더군다나 강원홍의 실력은 한창 올라가는 중이기도 하고.

"사실 그건 둘째 치더라도 가장 큰 문제는 나이트시티 그
자체지."

"네? 어째서요?"

"네가 그곳으로 이적한다고 나이트시티 애들이 잘 대해 줄
거라고 기대하기는 힘들어."

실제로 나이트시티의 결승 진출을 몇 번이나 막은 게 강원홍이다.

더군다나 나이트시티는 소문에 따르면 위계질서가 거의 하늘을 찌른다고 한다. 소위 말하는 똥군기라고 하던가?

"자기들보다 잘하고 자기들보다 재능 있고 자기들보다 미래가 창창한, 그런데 한때 자기들을 엿 먹인 후임이 들어온다면? 성인군자가 아닌 이상에야 너를 때려죽이고 싶어 할걸."

나이트시티가 분위기 좋은 팀도 아니고 위계질서 때문에 아랫사람들은 숨도 제대로 못 쉰다는 판국에?

더군다나 강원홍은 나이로도 경력으로도 그들보다 후배다.

아마 그가 들어가면 나이트시티의 선수들은 그를 집중적으로 괴롭힐 가능성이 아주 크다.

"너 고작 열여섯 살이잖아."

학교 폭력도 심각한 사회문제로 대두되어서 난리가 난 대한민국이다.

그런 대한민국에서 대놓고 폭행당할 걸 알면서도 애를 나이트시티로 보낸다는 건 절대 있을 수 없는 일.

"하지만 방법이 없단 말이지."

노형진은 머리를 긁적거렸다.

"그러면 저 거기로 가야 하는 건가요?"

강원홍은 완전히 실망한 눈치였다.

"물론 방법이 없는 건 아니야. 네가 소송을 통해 너의 부모님의 대리권을 박탈하는 방법도 있기는 해."

"그러면 그거라도……."

부모님과 소송할 정도로 결심이 굳은 걸 보니 아무래도 진짜로 가기 싫은 눈치였다.

물론 그것도 문제가 없는 건 아니었다.

"문제는, 그러기 위해서는 너희 부모님에게 큰 귀책사유가 있어야 한다는 거야."

"큰 귀책사유요?"

"그래. 한국에서는 부모의 친권과 대리권에 대해 엄청나게 빡빡해."

심지어 아동의 보호는 무조건 부모가 해야 한다면서 강간한 부모에게 자식을 돌려보낼 정도다.

그런 상황에서 소송을 통해 대리권을 행사하지 못하도록 막으려면 당연하게도 과거에 그런 행동을 한 적이 있든가, 아니면 미래에 명확하게 피해를 줄 수 있다는 근거가 있어야 한다.

"하지만 현실적으로 네가 그걸 증명하는 건 불가능하지."

"아……."

"이번 사건 이전에는 멀쩡했지?"

"네……."

"그랬겠지."

애초에 열여섯 살짜리 아이에게 프로게이머의 길을 가게

한다는 것 자체가 쉬운 결정이 아니다. 일반적인 부모님은 그 나이에 공부나 하라고 하니까.

어떻게 보면 여러모로 깨어 있는 부모님이었을 거다. 그러니까 지금까지 별문제가 없었을 테고.

"하지만 돈맛을 보면서 문제가 생긴 것 같네."

이해는 간다.

무려 10억의 연봉. 한 사람이 평생을 일구어야 하는 돈을 한순간 벌 수 있다고 하는데 과연 욕심이 생기지 않을 수 있을까?

'이해는 되지만…….'

문제는 이해하는 것과 별개로 그게 좋은 선택은 아닐 거라는 거다.

"일단은 내가 좀 알아보마. 너도 날 찾아온 건 비밀로 해. 네게 변호사를 따로 선임할 권한은 없으니까."

"네, 노 변호사님."

"이걸 어떻게 해야 할지 모르겠네."

노형진은 머리를 긁적거렸다.

⚖

"나이트시티?"

"응. 아는 거 있어?"

노형진은 바로 이걸 알 만한 세대, 즉 서세영에게 물어보기로 했다.

그런데 그곳에는 그가 그간 몰랐던 새로운 문제가 있었다.

서세영이 조금도 고민하지 않고 밝은 표정으로 고개를 저었다.

"나야 모르지. 그건 영민이가 잘 알걸."

어느 정도는 예상 가능한 대답. 하지만 노형진의 신경에 거슬리는 것이 있었다.

"영민이?"

"응. 걔, 완전히 〈워든〉 빠돌이던데?"

"영민이?"

"응. 걔, 랭커가 다이아라던가 그렇대. 대회 영상도 꼬박꼬박 챙겨 본다더라."

"영민이?"

"응. 말로는 자기도 프로게이머 팀 하나 만들고 싶다던가?"

"영민이?"

고장 난 듯한 오빠의 반응이 몇 번이나 반복되고서야 뭔가 이상하다는 낌새를 눈치챈 서세영이 말을 하다 말고 노형진을 게슴츠레 뜬 눈으로 쳐다보았다.

"그럼 영민이지 누구야? 오빠가 만들 게 아니잖아?"

그 순간 노형진의 머릿속에서 뭔가가 펑 하고 터졌다.

"영민이라니! 영민이라니! 나는 허락 못 한다!"

"뭔 소리야?"

"이 새끼들이 일은 안 하고 어디서 연애질이야!"

그제야 노형진이 어떤 착각을 하고 있는지 알아차린 서세영이 기겁하며 그를 흘겨보았다.

"그런 거 아니거든! 그냥 친구야, 친구."

'너는 그렇겠지.'

세상에 어떤 남자가 관심도 없는 여자에게 취미를 어필하면서 공유하려고 한단 말인가?

심지어 후계자 교육으로 바빠 죽을 것 같은 재벌가 도련님이?

손사래를 치면서 피식 웃는 서세영을 보면서 노형진은 머리를 흔들어 삿된 생각을 떨쳐 냈다.

"그래서, 영민이가 좀 잘 안다고?"

"나중에 프로게이머 팀을 만들고 싶다고 할 정도니까 잘 알지 않을까?"

"그렇단 말이지."

노형진은 그 말에 유례없이 심각한 얼굴로 핸드폰을 들었다. 그리고 바로 유영민에게 전화를 걸었다.

신호음이 몇 번 들리더니 이윽고 수화기 너머로 영민이의 밝은 목소리가 들려왔다.

"영민아."

ㅡ오, 형. 어쩐 일이세요?

"나는 허락 못 한다."

−네?

"친구예요. 친구."

노형진과 만난 유영민은 대뜸 그 말부터 꺼냈다.

그런 유영민의 얼굴은 어째서인지 발그레해져 있었다.

'친구는 개뿔. 얼굴은 왜 벌게지는데?'

노형진은 피식하고 비웃음을 날려 주면서 일단은 일에 집중하기로 했다.

그가 꼰대도 아닌데 젊은 애들 연애에 끼어들 이유는 없으니까.

물론 지금의 그가 늙은이도 아니지만 말이다.

"뭐가 친구야? 나는 나이트시티에 대해 물어보러 온 건데."

"네? 세영이 때문에 만나자고 한 거 아니었어요?"

천연덕스러운 노형진의 반격(?)에 유영민이 화들짝 놀라며 물었다. 노형진은 어깨를 으쓱했다.

"아닌데. 세영이랑 뭔 일 있냐?"

"아니요! 전혀요! 전혀 없어요! 저언혀!"

그러니까 왜 얼굴이 붉어지냐고.

다시 한번 속으로 구시렁댄 노형진은 손을 휘휘 내저으며 본론으로 돌아갔다.

"그래그래, 그렇게 부정할 필요는 없고. 나이트시티 알아?"

"알죠."

나이트시티.

한때 잘나갔지만 이제 몰락해 가는 명가.

미래는 보이지 않는 팀.

개선도 안 되는 팀.

나쁘게 표현하면 망조가 들었고, 좋게 표현하면 그냥 과거의 역사에 기대어서 거들먹거리는 팀.

"그 애들이 요즘 돈지랄하는 것 같던데, 아는 거 있어?"

"아, 그 애들 지금 리빌딩 중이에요."

"리빌딩?"

"네."

리빌딩이란 팀의 체질 개선을 위해 기존의 구성원을 바꾸고 새로운 팀을 쌓아 올리는 것을 뜻한다.

실제로 그렇게 해서 몰락해 가는 팀이 부활에 성공한 사례가 제법 많다.

"흠, 그게 가능하겠어?"

"리빌딩이야 누구나 가능하죠. 다만 그 리빌딩을 정상적인 목적으로 하는 게 아니니까 문제인 거지."

"정상적인 목적이 아니라니?"

"애초에 그 애들은 리빌딩을 한다고 해서 우승할 만한 애들이 아니잖아요. 다른 건 몰라도 그 감독 새끼는 답이 없죠.

프로 리그 팀의 감독이라는 사람 랭크가 아이언이 뭡니까, 아이언이?"

혀를 끌끌 차는 유영민.

"원래는 골드라며?"

"그러니까요."

"계정 압류로 아이언으로 떨어진 거 아니야?"

"물론 그런 것도 있죠. 아이언이면 입문 레벨이니까. 문제는 그거라고요. 입문 레벨인 아이언에서 골드까지는 어렵지도 않아요. 저도 다이아인데."

사실 다이아 정도면 그럭저럭 좀 하는 수준이라고 할 수 있다.

"그게 문제야?"

"형, 〈워든〉 안 해 보셨어요?"

"할 시간이 어디 있냐?"

"음, 좀 독하게 표현하면, 실력만 있다면 아이언에서 골드까지 올리는 데 일주일이면 돼요."

그 말에 노형진은 눈을 찡그렸다.

유영민이 말하는 문제라는 게 뭔지 알 것 같았기 때문이다.

"그러니까 네가 봐서는 그 골드 실력도 결국 핵이다?"

"네. 게임 하는 거 보니까 피지컬이 완전 똥망이던데요? 중학생을 데려다 써도 그것보다는 잘하겠더라고요."

생각해 보면 감독으로 부임할 때 골드라고만 알려졌을 뿐,

그 골드를 어떻게 땄는지에 대해서는 아무런 정보도 없었다.

만일 그 골드도 진짜 핵으로 딴 실력이라면 답이 없는 거다.

"그런데 그거랑 리빌딩이 무슨 관계야?"

"진짜 뭔가 해내려고 하는 게 아니라 유망주를 비싸게 팔아먹으려는 리빌딩 같다는 거죠."

"아, 뭔 소리인지 알겠네. 그런 스포츠 팀들이 있지."

"네."

리빌딩은 단시간 내에 되는 게 아니다.

정말 천재적인 재능을 갖춘 감독이라면 선수들의 재능을 꿰뚫어볼 수 있을지도 모르지만 그렇지 못한 경우에는 선수들의 재능이 똥망인지 뭔지 알 수가 없다.

그러니 가장 확실한 방법은 이미 존재감을 드러낸, 재능을 갖춘 선수를 비싸게 사 오는 것이다.

"강원홍이라면 어때?"

"걔요? 걘 나중에 먹히죠. 해외에서도 이미 군침을 흘리는 중인데 미성년자라 손 못 댈걸요."

유영민이 어깨를 으쓱하면서 말했다.

"걘 피지컬이 장난 아니잖아요. 고작 열여섯 살이니 족히 10년은 해 먹을 수 있을 텐데."

"해외에 지금 못 나가?"

"네. 〈워든〉 프로 리그는 성인이 아니면 해외 진출이 불가능하거든요."

"그렇단 말이지?"

그러면 이해가 된다.

지금 꽉 잡아 두면, 2년만 지나면 해외 진출이 가능해진다. 피지컬을 지금 수준으로 유지만 잘 시켜도 2년 후에 100억짜리 선수가 될 수 있다.

"국내 이적은 문제가 없고?"

"그건 딱히 없죠. 해외 리그 진출만 막을걸요. 왜요?"

"사실은……."

노형진은 자신이 아는 정보를 제공했다.

노형진의 이야기를 가만히 듣던 유영민은 눈을 찡그렸다.

"와, 개새끼들이네. 말만 리빌딩한다는 소리는 들었는데."

"흠……."

"그런데 어쩌죠? 제가 어떻게 해 드릴 수 있는 게 없는데."

물론 할아버지인 유민택에게 요청하면 프로게이머 팀 하나 만드는 건 일도 아니다.

하지만 그건 만드는 것으로 끝나는 일이 아니다. 선수들을 관리하고 성장시켜야 한다.

이제야 일을 배우면서 후계 승계 작업을 하고 있는 유영민이 하기에는 일이 너무 많다.

애초에 우선순위를 따진다면 프로게이머 팀은 순위가 낮을 수밖에 없다.

"만들고 방치할 거라면 하지 않는 게 나을 것 같은데."

"알아. 그러니까 넌 그냥 가만있어. 해결책이 없는 건 아니니까."

"있다고요?"

"그래. 다만 최후의 수단으로 생각하고 있었던 것뿐이지."

노형진은 머리를 긁적거렸다.

확실히 해결책이 있기는 하다.

"하지만 지금은 그걸 쓰는 수밖에 없는 것 같네."

노형진은 입맛이 썼다.

⚖️

얼마 뒤에 만난 강원홍의 얼굴에는 수심이 가득했다.

아니, 수심만 가득한 게 아니었다.

"뭐야? 너 얼굴이 왜 그래?"

"숙소 형한테 맞았어요."

"숙소? 저거너트?"

"아니요. 나이트시티요."

"그사이에 벌써 넘어간 거야?"

"네."

나이트시티가 제시한 막대한 금액을 본 부모님은 강원홍이 아무리 이적하지 않겠다고 거부해도 도무지 말이 통하지 않았다고 한다.

결과적으로 강원홍은 강제로 나이트시티로 넘어갔고, 며칠 전 합숙을 위해 숙소로 들어갔다고.

"그런데 거기에 가니 선배들이 신고식이라며 저를 때리더라고요."

"가관이구만."

신고식이라는 말은 거짓말일 거다.

사실은 작년에 죄다 한 번씩 강원홍에게 처발렸으니 복수하겠다고 두들겨 팼을 거다.

"그 상황을 감독은 그냥 두고 보기만 했고?"

"네. 숙소에는 위계질서가 필요하대요."

"지랄 났다, 아주. 부모님은?"

"초반이라 그렇다고 조금만 참으래요."

"웃기네."

돈이 왔다 갔다 하니까 강원홍만 빼고 자기들끼리 아주 쿵짝이 맞아서 서로 지랄하고 있다는 소리다.

노형진은 혀를 끌끌 찰 수밖에 없었다.

"변호사님, 저 진짜로 거기에 있기 싫어요. 그냥 나오면 안 돼요?"

그 말을 하는 강원홍의 얼굴에는 두려움이 가득했다.

그럴 만하다. 돌아가면 또다시 두들겨 맞을 테니까.

열여섯 살 소년에게 그게 얼마나 두려운 일이겠는가?

"갔다가 바로 나오자."

"네? 꼭 가야 해요?"

"걱정하지 마. 이번에는 아무 일 없이 나올 테니까."

"네? 무슨 말씀이세요?"

"뭐긴, 이참에 아예 나이트시티를 박살 내자는 거지."

그러자 강원홍이 당황한 기색으로 말을 더듬었다.

"아니, 제 실력이 좋은 건 알지만……."

"아니, 아니, 그게 아니야."

노형진은 고개를 흔들었다.

실력을 보여 주고 감동시켜서 애들을 개과천선시킨다?

그건 어디 소년만화에서나 통하는 방식일 뿐이다.

인간은 절대로 그런 식으로 개과천선하지 않는다.

하물며 대상이 처발리던 자인 경우에는 개과천선은커녕 원한만 더 깊어진다.

인간을 개과천선시키는 가장 효율적인 방법은 바로 그로 인한 불이익을 주는 것이다.

"법적으로 박살 내자는 거야. 너는 게임의 천재이듯이 난 법의 천재거든, 후후후."

⚖

SSC 나이트시티. 한때 잘나갔던, 하지만 이제 몰락한 팀.

그러나 그 과거의 잔재 덕에 여전히 화려한 생활을 하고 있었다.

　물론 그 내부의 상황은 화려하기는커녕 비참했다.

　"억!"

　"이 개 같은 새끼가. 어디 감히 막내 따위가 보고도 없이 밖에 나가?"

　선배에게 발길질을 당해 휘청거리던 강원홍은 간신히 바로 서며 조심스레 입을 열었다.

　"하지만 오늘은 연습 쉬는 날인데…….""

　"하? 말대꾸? 요즘 개빠졌네. 이 미친 새끼야, 막내일 때는 오줌도 보고하고 눠야 하는 거 몰라?"

　다시 한번 발길질하는 선배에 의해 바닥을 나뒹구는 강원홍.

　그런 강원홍에게 선배들은 위협을 가했다.

　"이 새끼야, 나 때는 연습이 없어도 대기하면서 선배님들께 라면이라도 끓어 드렸어, 이 새끼야!"

　으름장을 놓는 선배들의 모습에 강원홍은 잔뜩 겁먹었다. 그리고 뒤로 주춤주춤 물러났다.

　"다…… 다가오지 마요."

　"마요? 지랄한다."

　"뭐, 그런 거냐? 학폭 멈춰! 뭐 그런 거?"

　"재미있는 재롱이네, 하하하."

　당장이라도 자신을 때려죽이려는 듯 다가오는 그 모습에 울상이 된 강원홍.

하지만 그들의 계획이 아예 틀어졌다는 걸 그들은 알지 못했다.

돌연 밖에서 문을 두드리는 소리가 들리더니 굵직한 남자의 목소리가 이어서 들려왔다.

"경찰입니다. 문 여세요."

"경찰? 경찰이 왜?"

다들 어리둥절한 얼굴이 되었다.

그럴 수밖에 없는 게, 경찰이 올 이유가 없으니까.

"이 새끼가 불렀나?"

"불렀어도 이렇게 빨리 오지는 못하지."

당장 강원홍이 들어온 지 3분도 채 되지 않았다. 그러니 지금 강원홍이 불렀다고 해도 시간이 더 흐른 뒤에 도착해야 했다.

더군다나 강원홍의 핸드폰은 이미 빼앗아서 저 멀리 던져둔 상황.

"뭐지?"

"경찰입니다! 문 여세요!"

경찰의 거듭된 재촉에 결국 선배 팀원들은 어쩔 수 없이 문을 열어 주기로 했다.

아무리 그들이 강원홍보다 나이가 많다고 해도 20대 초중반의 어린 나이. 경찰이 겁이 안 날 수가 없었다.

"무슨 일이신데요?"

문을 열자 거기에는 경찰 몇 명이 서 있었다.

"여기에 감금 신고가 들어왔습니다."

"감금이라니? 무슨 말씀이세요? 여기는 저희 팀 숙소인데요."

"숙소?"

"네, 여기 나이트시티 선수 숙소예요."

"하지만 여기에서 감금 신고가 들어왔는데요."

"그럴 리가 없는데?"

당연히 그럴 리가 없다고 이야기하는 선수들.

바로 그때 경찰의 뒤에서 노형진이 나타나 그들의 말을 잘
랐다.

"감금이라는 건 의사에 반해 강제로 가두어 두는 걸 뜻하
지요."

"뭔 말이야?"

"강원홍 학생, 안에 있죠? 나와요."

그 말에 방 안에 숨어 있던 강원홍은 쭈뼛거리면서 밖으로
나왔다.

그 모습을 본 경찰은 눈을 찡그렸다.

"감금이 없다고요?"

"아니, 그게…… 저희는 그냥 위계질서 좀 잡느라고……."

"뭔 말입니까? 저게 위계질서라고요?"

한쪽 뺨이 벌써 부풀어 오르는 게, 누구에게 맞은 게 명확
한 흔적.

거기다가 옷이 구겨진 형태를 보면 발길질을 당한 듯했다.

"우리는 그걸 폭행이라고 부르죠."

노형진은 차가운 눈빛으로 말했다.

"강원홍 씨, 이리로 나와요."

"네?"

"나오시라고요."

"아니, 그게…… 저희 엄마가…….'"

그렇게 말하는 강원홍은 몹시 곤란한 표정을 하고 있었다.

그럴 만도 했다. 엄마가 계약을 마치고 그를 여기에 두고 간 상황에서 그에게는 여기에 있는 것 외에 선택지가 없었으니까.

하지만 그건 강원홍만의 생각일 뿐이었다.

"계약서에 폭행에 동의한다는 조항은 없을 텐데요?"

세상에 폭행에 동의한다는 계약은 존재할 수 없으며 설사 그런 계약을 한다고 해도 그건 기본적으로 불법이다.

"나오세요."

노형진의 말에 강원홍은 눈치를 살피다가 후다닥 밖으로 나왔다.

그리고 돌아가는 상황을 지켜보던 나이트시티의 선수들은 곧 뭔가 좆 되었음을 감지했다. 노형진이 전화기를 들어서 누군가를 부르기 시작했기 때문이다.

"기자분들, 여기 나이트시티 숙소인데요. 네. 아시죠? 여기서 미성년자 선수에 대한 집단 폭행이 발생해서…….”

“아이, 씨팔.”

“야, 누가 감독님 좀 불러.”

선수들은 다급하게 감독을 찾아 사건을 무마하려고 했다.

하지만 그런 데 휘둘릴 노형진이 아니었다.

“뭐, 부르든가요. 가서 변호사도 같이 불러 달라고 하세요.”

“그…… 저…….”

다급하게 노형진의 뒤로 숨은 강원홍은 뭔가 걱정스러운 목소리로 물었다.

“노 변호사님, 이래도 돼요? 엄마가…….”

“엄마는 여기에 권한 없습니다.”

아무리 엄마라고 해도 계약에 대한 권한을 가지고 있을 뿐이지 신고를 막을 수는 없다.

‘물론 당연히 합의하겠지만 말이야.’

아마 이 소식을 들은 강원홍의 부모님은 만세를 외칠 거다. 돈을 뜯어낼 수 있는 기회니까.

자신들이 이미 함정에 빠졌다는 사실은 꿈에도 모르고.

‘기다리라고. 지옥이 기다리고 있을 테니까, 후후후.’

책임을 피하고 싶었어

사건은 금방 커졌다. 아니, 커질 뻔했다.

하지만 나이트시티의 대응은 엄청나게 빨랐다. 이런 상황이 한두 번이 아니었으니까.

기자들에게는 은밀하게 하얀 봉투가 전달되었고, 그것을 기꺼이 받아 든 기자들은 조용히 그곳을 떠났다.

'뭐, 이건 예상한 일이지.'

이 지랄이 날 때까지 기자들이 몰랐을까?

그럴 리가 없다.

한때 명문이라 불렸던 나이트시티다. 그런 곳에서 이 지랄이 날 때까지 아무도 몰랐다면 기자라는 직업을 진짜로 때려치워야 할 거다.

그리고 당연하게도 강원홍의 부모님은 이를 빠드득 갈았다.

자기 자식을 때린 나이트시티의 행동에? 아니다.

"당신이 뭔데 일을 이따위로 키우는 건데?"

당연하게도 분노의 대상은 노형진이었다.

"마이스터의 대리인인 노형진입니다."

"그래서 뭐? 이제까지 지원받은 투자금을 갚으면 되는 거 아니야! 갚으면!"

"투자금을 갚는 유의 문제가 아닙니다만."

물론 마이스터도 투자회사이기에 공짜로 돈을 투자하는 건 아니다.

하지만 성공하지 못한다면 도리어 족쇄가 될 수도 있기에 일정 수준 이상으로 성공한 사람에게만 돈을 갚도록 해 놨다.

그리고 연봉 10억이면 그걸 갚고도 남을 수준.

"아니라니 뭔 소리야? 말이 되는 소리를 해. 우리 애야. 우리 애를 우리가 마음대로 하겠다는데 당신이 뭔 자격으로 감 놔라 배 놔라야?"

두 사람의 말에 노형진은 대충 상황을 알 것 같았다.

'그러니까 이 사람들은 반성할 생각이 아예 없는 거군. 하긴, 이런 상황은 예상하기가 어렵지 않지.'

상식적으로 반성할 줄 아는 사람이라면 자식이 맞았다는 소리를 듣는 순간 노형진이 아니라 회사를 상대로 길길이 날 뛰었을 거다.

하지만 그들은 회사가 아니라 노형진에게 화를 냈다.

'안타깝군.'

종종 이런 사람들이 있다. 가난할 때는 정상적으로 살다가 돈맛을 본 순간 미치기 시작하는 사람들.

이런 사람들은 그 돈을 벌어 오는 사람을 하나의 도구로 취급한다.

'이거 참 문제네.'

그나마 그 대상이 성인이라면 어떻게 해서든 막아 보기라도 하겠지만 강원홍은 미성년자.

사실상 그가 버는 모든 돈은 이들이 모조리 날려 버릴 가능성이 거의 100%라고 봐도 무방하다.

"거 이런 문제 좀 일으키지 말죠."

감독은 이를 박박 갈며 노형진에게 다가와 으름장을 놨다.

"서로 좋게 좋게 갑시다. 네?"

"지금 그걸 말이라고 하는 겁니까?"

"선수 미래를 위해서라도 문제 일으키지 말라 이겁니다."

'잘하는 짓이다.'

폭행 사건이 터졌는데 그걸 컨트롤할 생각은 안 하고 무조건 덮으려고만 하는 감독을 보며 노형진은 피식 웃었다.

"문제는 제가 아니라 선수들이 먼저 터트렸습니다만?"

"허? 당신이 그런다고 이게 뭐 문제나 될 것 같아요?"

"문제가 되겠지요."

노형진은 어깨를 으쓱했다.

이런 사건은 어지간해서는 팀 내부에서 해결할 일이고, 일반적으로 해결될 가능성은 거의 없다고 봐도 무방하다.

하지만 그것도 어디까지나 외부인이 끼어들지 않았을 때의 이야기.

"그래서요?"

"그래서라니요?"

"그래서 말입니다, 저희가 뭘 어떻게 해 드릴까요?"

"네?"

"뭘 원하시느냐 이 말입니다."

그 말에 감독의 눈동자가 흔들리기 시작했다.

그도 그럴 게, 여기서 말을 잘못하면 자기가 엿 되는 걸 알기 때문이다.

'노골적인 질문은 때때로 입을 막지.'

예를 들어 경찰과 피해자가 있는 자리에서 '입 좀 닥치고 계시죠.'라고 말하면 이게 터져 나갔을 때 자신을 지켜 줄 사람은 없다.

하지만 그렇다고 해서 그저 가만히만 있으면 폭행 사건은 형사사건으로 커질 수밖에 없다.

'그렇게 되면 현실적으로 당신이 원하는 건 가지고 올 수가 없지.'

당장 눈앞에 있는 선수들. 그들은 자신들이 폭행 사건의 주범이라는 걸 알고 있다.

폭행과 감금. 그 사건으로 고발이 진행되면 과연 자연스럽게 시즌을 버텨 낼 수 있을까?

'e스포츠라는 건 멘탈이 중요하거든.'

노형진이 감금을 이유로 강원홍을 데리러 온 건 사실 그를 구하겠다는 단순한 목적을 위해서가 아니다. 도리어 역으로 나이트시티의 선수들을 흔들기 위해서다.

강원홍을 구하는 거야 어렵지 않다.

애초에 폭행이 발생한 이상 강원홍은 법적으로 긴급피난으로 도피할 수 있고, 아무리 부모라고 해도 그 긴급피난을 막을 수는 없으니까.

하지만 노형진은 형사사건으로 키워 저쪽을 엮어 그들의 실력이 바닥에 처박히는 것을 노린 것이다.

"설마 여기서 폭행 사건을 덮으라는 압력을 행사할 건 아니죠? '고작 SSC 따위'가 말입니다."

명백한 도발. 하지만 그 말에 숨겨진 메시지는 간단하다.

'네가 SSC를 데리고 온다면 나는 마이스터를 데리고 오겠다.'

만일 두 기업이 제대로 부딪친다면 현실적으로 SSC가 패할 수밖에 없다.

SSC가 한국에서 독점적인 지분을 가진 제빵 기업이기는 하지만 그렇다고 엄청난 규모의 대기업인 것은 아니다.

제빵의 영역에서 벌어들일 수 있는 수익의 한계가 명확하니까.

"아니, 그건 아니고…….."

"그러면 이건 형사사건으로 고소를 진행하도록 하지요."

"그건 좀…….."

"그러면 입 닥치고 있을까요?"

"…….."

경찰은 그 모습을 보면서 쓰게 웃었다.

저쪽에서 아무런 말도 하지 못하는 꼴을 보니 일이 어떻게 굴러갈지 대충 알 것 같았기 때문이다.

"그러면 저희는 사건을 청취하도록 하죠."

"감독님?"

"감독 형, 우리는 어떻게 해?"

"감독님, 이건 아니죠. 기강 잡으라면서요?"

"아니, 이게 말이다…….."

"일단 서로 동행하시죠."

하지만 경찰은 폭행과 감금의 현행범인 그들을 놔줄 생각이 없었기에 그들은 울상이 될 수밖에 없었다.

⚖️

결국 강원홍은 일단 숙소에서 나왔다.

하지만 숙소에서 나왔다고 해서 제약이 다 풀린 건 아니었다.

-엄마가 오자마자 핸드폰을 빼앗았어요. 어떻게 아셨어요?

"예상하는 건 어렵지 않지. 네가 자신의 제어에서 벗어나려고 한다고 생각할 테니까. 그 상황에서 돈을 지키고 싶을 테니까."

그리고 강원홍을 제어하는 가장 쉬운 방법은 바로 핸드폰을 빼앗는 것이다.

그걸 예상한 노형진은 이미 강원홍에게 핸드폰을 제공한 후였다. 그것도 두 개나.

-그런데, 그러면 전 이제 어떻게 되는 거예요? 이전 팀으로 돌아가는 거예요?

"아니, 거기와는 계약이 종료되었으니까 못 가. 여전히 계속 나이트시티 소속이지."

-그 난리가 났는데도요?

"그것과 별개로 법적인 효력은 여전히 발휘되고 있으니까."

그렇기 때문에 강원홍이 어떤 상황이라고 해도 나이트시티 경기에서 계속 뛰어야 한다.

"아마도 부모님이 시합마다 너를 데리고 갈 거야."

-그렇잖아도 그럴 것 같아요. 짜증 나 죽겠어요.

"그러니까 게임을 던져."

노형진의 말에 강원홍이 화들짝 놀라며 물었다.

-네? 지금 그러니까 고의로 패배하라는 건가요?

"고의는 아닐 거야. 애초에, 네가 아무리 노력해도 결국은 못 이겨."

-어째서요?

"지금 나이트시티 애들 멘탈은 완전히 붕괴된 상황이니까."

당연히 나이트시티 멤버들이 제대로 플레이가 될 리가 없다. 그리고 그건 심각한 문제다.

일반인 랭킹전도 아니고 프로 게임이다.

아무리 강원홍이 훌륭한 피지컬로 캐리를 한다고 해도 결국은 5 : 5 승부이니 그 안에서 그가 할 수 있는 건 거의 없다고 봐도 무방하다.

"솔직히 너도 지금 상황에서 플레이한다면 절대로 못 이길 테고. 알잖아?"

"……."

이미 선수들의 멘탈은 박살 난 상황. 그 상황에서는 이기는 게 더 힘들다.

"그러니까 부담 없이 시합을 던져. 뭐, 최선을 다해도 되고. 어차피 어떻게 해도 못 이길 테니까."

-법적인 문제는 없는 거예요?

"넌 없을걸."

-네?

노형진의 말에 강원홍은 얼떨떨했지만 이내 수긍했다.

어차피 다음 시합에서 개판 날 건 안 봐도 뻔하니까.

물론 그가 최선을 다해서 캐리를 한다면 어떻게 될지 모르지만 솔직히 그럴 이유도 없고 그러고 싶은 생각도 없었다.

　－대충만 하라는 거죠?

　"그래, 대충만."

　－네. 그럴게요.

　그렇게 강원홍과의 통화를 끝낸 노형진은 바로 고문학을 불렀다.

　"고 팀장님, 혹시 게임 시합에 투자하는 곳 아십니까?"

　"게임 시합 쪽 투자요?"

　"그거 있잖습니까, 그거."

　노형진은 손가락을 비볐고, 그제야 고문학은 노형진이 말하는 게 뭔지 바로 알아들었다.

　"불법 도박판 말씀이군요."

　"그렇게 노골적으로 말할 만한 건 아닌데요."

　"뭐, 별거 없으니까요. 그건 왜 그러십니까?"

　"네, 이번에 나이트시티 경기요, 패배 쪽으로 돈을 좀 걸고 싶은데요."

　그러자 고문학이 대번에 뭔지 알겠다는 듯 입을 열었다.

　"나이트시티요? 그 애들 패배 쪽은 비중이 상당히 낮을 겁니다. 아마 거의 배분이 없을걸요."

　"〈워든〉에 대해 좀 아시나 봐요?"

　"저는 잘 모릅니다만 제 아들이 좋아해서요."

　"하긴, 요즘 그거 안 하는 애들이 없죠."

고문학은 아들과 어울리기 위해 게임 대회에 대해 좀 알아봤다고 한다.

이제는 음습한 뒷일을 하는 게 아니라 당당하게 로펌에서 일하니까 아들에게 창피할 일도 없으니 함께하고 싶어진 것이다.

"그런데 나이트시티 실력이 그다지 좋지 않아서요."

"상대방이 문제겠네요."

"아, 그 생각을 못 했네요. 잠시만요."

고문학은 바로 핸드폰으로 다음 나이트시티의 상대 팀을 확인했다. 그리고 혀를 끌끌 찼다.

"돈이 되기는 하겠네요."

"어딘데요?"

"부동 스타파이터입니다."

"그 창업자가 스타워즈를 좋아하나?"

"그건 모르겠지만 한 가지는 확실합니다. 부동의 꼴찌죠."

모기업이 부동이라서 '부동 스타파이터'인데 실제로는 '부동의 꼴찌'라는 자조적인 표현이 생길 정도로 스타파이터의 실력은 바닥을 기었다.

"나이트시티의 경우는 썩어도 준치라고, 중위권에는 들어가는 조직이니까요."

그러니까 부동의 꼴찌인 스타파이터에 비교하면 훨씬 앞서 나갈 수밖에 없다.

"그래도 프로인 만큼 그쪽도 기본은 하겠죠?"

"네, 기본은 합니다."

"뭐, 그러면 상관없습니다. 나이트시티의 패배에 1천억 걸 겠습니다."

액수를 들은 고문학의 눈이 휘둥그레졌다.

"네? 나이트시티의 패배에 1천억이나요?"

"네."

"일이 커질 겁니다."

그러자 노형진이 사악해 보이는 미소를 지었다.

"일이 커지라고 하는 겁니다. 돈도 벌 겸요, 후후후."

나이트시티와 스타파이터의 경기 날이 되었다.

사실 다들 이 경기의 결말을 알고 있었다. 스타파이터는 근 3년간 나이트시티를 단 한 번도 이긴 적이 없으니까.

그나마 마지막으로 싸웠을 때는 랭킹 9위였던 스타파이터가 지금은 랭킹 16위, 즉 진짜 꼴찌였다.

그랬기에 노형진의 예상과는 다르게 나이트시티와 스타파이터의 도박에서 나이트시티가 지는 쪽의 배분이 무려 여섯 배를 넘어섰다.

그런 만큼 결론은 이미 나와 있었다.

그러나 시합이 시작되자 상황은 예상과 달랐다.

"이게 어떻게 된 일입니까? 나이트시티, 무슨 일이죠?"

"우왕좌왕하고 있군요. 도대체 뭘 하는 걸까요?"

"여기서 이동농 선수, 큰 실수를 하고 맙니다. 밀렸어요! 밀렸어!"

"나이트시티, 두 번째 라운드에서도 여전히 정신 못 차리고 있습니다."

"강원홍 선수 혼자서 이리 뛰고 저리 뛰고 하지만 다른 선수들은 관심도 없습니다."

"저기서 들어갔어야지요! 왜 강원홍 선수의 구원을 포기하고 다른 곳으로 갔을까요?"

상식적으로 말이 안 되는 게임 플레이. 그리고 그로 인한 패배.

노형진은 적당히 플레이하라고 말했지만 강원홍은 대놓고 패배하려고 하지는 않았다.

사실 그럴 필요도 없었다. 멘탈이 나간 나이트시티는 자기 기량을 뽑아내기는커녕 쭉쭉 밀렸으니까.

그렇잖아도 밀리는 상황에서 분투하던 강원홍이 위험에 처해도, 바로 옆에서 구원도 해 주지 않았다.

그리고 그 행동에 관중은 난리가 났다.

"씨팔, 장난하나?"

"야, 이 개새끼야. 우리 할머니도 그것보다는 잘해!"

"감독 새꺄! 이게 어딜 봐서 프로야? 브론즈도 이것보다는 잘하겠다!"

"브론즈 닥쳐!"

나이트시티의 팬들은 길길이 날뛰었다.

하지만 그들이 날뛴다고 해서 멘탈이 붕괴된 나이트시티의 정신력이 돌아올 리는 없었다.

그도 그럴 게, 아직은 조사 중이라지만 조사가 어떻게 끝나는지에 따라 프로 인생이 끝날 수도 있기 때문이다.

"나이트시티! 3연전 전패입니다. 이게 웬일입니까?"

"스타파이터, 나이트시티를 잡고 무려 9연패의 늪에서 벗어납니다."

"스타파이터 측은 난리가 났습니다. 이게 웬일입니까."

흥분한 스타파이터는 하늘을 날아다니는 듯 이리저리 뛰면서 환호했다. 그러나 나이트시티는 아무런 말도 못 하고 힘없이 무대에서 내려올 뿐이었다.

그 모습을 보면서 노형진은 피식 웃었다.

"악몽은 이제 시작되었을 뿐인데, 후후후."

슬슬 노형진이 던진 핵폭탄이 떨어질 시간이었다.

⚖️

"뭐라고? 1천억?"

"네, 이번 시합의 배분이 여섯 배라 6천억이 터졌답니다."

"뭐라고? 그게 말이 돼?"

〈워든〉 코리아의 사장인 조충경은 보고를 듣고 숨이 턱 막혔다.

그럴 수밖에 없는 게 음지에서 벌어지는 승부 도박에서 무려 6천억이라는 막대한 수익이 터졌기 때문이다.

물론 〈워든〉의 경우 거기에 직접 돈을 넣고 조작이나 도박을 하지는 않기 때문에 그들과는 관련이 없다.

그럼에도 불구하고 그는 심각하게 받아들일 수밖에 없었다. 왜냐하면 이게 불가능한 수치이기 때문이다.

어떤 미친놈이 도박 한 판에 1천억을 꼬라박는단 말인가?

음지에서 벌어지는 도박에 대해 모르는 바는 아니지만 아무리 그래도 그 정도 금액을 꼬라박는 놈이 있다는 건 말이 안 된다.

아주 확실하게 자기가 이길 거라고 확신하는 경우가 아니라면 말이다.

"기자들은 뭐래?"

"슬슬 일부 기자들이 냄새를 맡은 건지 조사 중이라고 합니다."

"미치겠네, 씨팔. 그래서, 누가 그 돈을 꼬라박았는지는 알아냈고?"

"그게 불가능하다는 건 잘 아시지 않습니까?"

"그건 그렇지……. 하지만……."

아무리 생각해도 자신 있게 무려 1천억이라는 돈을 꼬라박는 행동이 뜻하는 것은 하나뿐이었다.

"이거, 아무리 봐도 승부 조작 같지?"

"네, 그거 말고는……."

"스타파이터가 경기에서 이기는 걸로 승부 조작할 리는 없고."

애초에 스타파이터가 이길 수가 없다고 다들 생각하던 게임이니까.

"남은 건 나이트시티가 경기에서 패하는 걸로 조작한 것뿐인데……."

"그렇잖아도 그날 경기를 분석한 사람들의 이야기에 따르면 비정상적인 시합이었다고 합니다."

평소 실력의 절반도 드러내지 못하고 선수들끼리 협동도 안 되고 뭘 해야 하는지도 모른 채 그냥 헛짓거리만 반복하다가 패한 게임.

가장 이상한 점은, 강원홍은 어떻게 해서든 이겨 보겠다고 이리저리 뛰어다니는데 다른 선수들은 그런 그를 도와주기는커녕 4 : 1로 다구리 맞고 있음에도 불구하고 무시하고 도망갔다는 거다.

누군가가 어그로를 끄는 사이에 다른 곳에서 점수를 올리는 계획도 아니었다. 점수는커녕 허송세월밖에 안 했으니까.

"나이트시티 이 새끼들이 진짜로 미쳤나?"

조충경은 이를 빠드득 갈았다.

왜 그러냐면 그는 한국 프로게이머 시장에서 잔뼈가 굵은 인물이었기 때문이다.

그는 한때 한국 시장을 독점하다시피 했던 게임인 스페이스 크래프트가 어떻게 몰락하는지를 봐 왔다. 그 몰락이 승부 조작에서 시작되었다는 것도 알고 있었고.

〈워든〉이 지금이야 잘나간다지만 만일 승부 조작이 시작된다면? 그때는 어떻게 될지 모르는 거다.

"이건 그냥은 못 넘겨. 이사진 전부 불러. 승부 조작인지 확인해야겠어."

"언론에서 가만있지 않을 겁니다."

"그냥 있다가 망할래, 아니면 때려잡고 욕 좀 먹고 살아남을래?"

그 말에 부하는 할 말이 없어졌다.

그도 스페이스 크래프트가 어떤 식으로 망했는지 두 눈으로 본 사람이니까.

"바로 조사 팀을 구성하겠습니다."

그렇게 나이트시티에는 악몽이 들이닥치기 시작했다.

⚖

나이트시티의 승부 조작 사건.

누군가는 말도 안 된다고 할 일이었다.

하지만 그날 시합을 본 대부분의 사람들은 동의할 수밖에 없었다.

이건 정말 조작이라고 생각될 정도로 나이트시티의 승부력이 개판이었으니까.

당연하게도 그건 대중에게 문제가 되었고, 결국 〈워든〉 게임조직위원회에서 조사가 시작되었다.

노형진이 노린 것은 바로 그것이었다.

아무리 SSC가 돈을 주고 기사를 막는다고 해도 승부 조작 건은 그들이 커버할 수 있는 수준이 아니니까.

더군다나 이미 나이트시티는 수많은 범죄로 인해 팀의 악명이 높아진 상태였다.

당연하게도 〈워든〉 게임조직위원회에서는 그걸 바로 고발했다.

그러자 그동안 모르고 있었거나 조용히 있던 기자들이 이빨을 드러냈다.

"그러니까 모른다 이거죠?"

"아니, 나는 승부 조작 같은 거 한 적 없다니까요."

"하지만 그날 승부하는 걸 보면 완전히 개판이던데?"

"그건 그날 애들 컨디션이 안 좋았어서 그래요."

감독은 애써 둘러댔다.

그러나 불행히도 사건을 담당하는 경찰은 어쩌면 감독보

다 잘 알지도 모르는, 〈워든〉의 플레이어였다.

"아니, 이 사람이 내가 바보인 줄 아나? 이 사람아, 나도 〈워든〉 하는 사람이야."

경찰은 당연히 말도 안 된다는 듯 말했다.

"브론즈만 돼도 그런 실수는 안 해, 이 사람아. 같은 팀 주력 딜러가 처맞고 있는데 쌩까고 도망가는 게 말이나 된다고 생각해?"

"그건……."

"그리고 거기에서 그렇게 나오면 안 되지. 상식적으로 이쪽에 힘주면 무너트릴 수 있는데 왜 엉뚱한 데서 삽질하는데?"

"그건 애들이…… 잘 몰라서……."

"프로가 그것도 모르면 프로 때려치워야지. 그리고 그걸 알려 줘야 하는 건 감독이지, 애들이 아니라. 전체적으로 보고 판단하라고 감독이 있는 거 아냐?"

예상치 못한 방향으로 치고 들어오는 경찰의 팩폭에 감독은 미칠 것 같았다.

물론 그가 승부 조작을 한 적은 정말로 없었다.

하지만 그 승부 조작이라는 건 게임 업계에서는 너무 예민한 문제이기 때문에 무조건 아니라고 부인한다고 잘 넘어갈 수 있는 사안이 아니었다.

"도대체 왜 전략을 그딴 식으로 짠 거야?"

"짠 게 아니에요."

"아니라고? 그럼 왜 시합을 그딴 식으로 한 건데?"

경찰의 강한 압박에 감독은 더한층 미칠 것 같았다.

그때 다른 경찰이 끼어들었다.

"자 자, 그만해."

"선배님, 뭐 좀 나왔습니까?"

"지금 보고가 올라왔는데 승부 조작은 아니라더라."

"네? 그게 무슨 소립니까? 승부 조작이 아니라니!"

"나이트시티 선수 간에 폭행 및 감금 사건이 터져서 경찰에서 수사 중이란다."

"네?"

"지역 경찰이 이미 수사 중이었는데, 들어 보니까 신입 왔다고 기존 선수들이 폭행 및 협박, 감금을 한 모양이야. 그래서 경기에서도 멘탈 상태가 안 좋았대."

그제야 취조하던 경찰은 경기에서 구원받지 못하고 버려진 선수가 이번에 새로 영입된 강원홍이라는 걸 알 수 있었다.

"그래서 선수를 쌩깐 거고요?"

"그런 모양이더라고."

"미친 새끼들이네, 이거."

물론 그 사정을 모르는 도박한 놈들 입장에서는 미치고 팔짝 뛸 일이지만 말이다.

"아니, 어떻게 맞은 애는 멘탈이 멀쩡한데 두들겨 팬 새끼들이 멘탈이 나가냐? 애들 정신 상태가 썩었네, 썩었어."

중요한 건 그거다.

그게 사실이라면, 그래서 스스로 게임을 던진 셈이라면 정말로 경찰이 할 일은 없다.

"이거 정리해서 올려. 혐의 없음으로."

"네, 선배님."

순순히 대답하면서도 취조를 하던 경찰은 머릿속이 팽팽 돌았다.

과연 이 사실을 기자들이 얼마나 주고 사 갈지 궁금해졌던 것이다.

SSC는 막대한 지원을 한다. 그리고 사건을 덮기 위해 현장에서 뇌물도 뿌렸다.

하지만 그것과 별개로 이미 사실을 안 기자들 전부에게 뇌물을 뿌릴 수는 없다.

그날 노형진이 부른 기자의 숫자는 고작 세 명이었고 그 정도는 적당한 뇌물로 덮을 수 있는 수준이었다.

하지만 언론사에서는 일부 형사들에게 돈을 주면서 정보를 캐내고 있었고, 그 상황에서 사실을 알게 된 일부 경찰 입장에서는 이게 돈이 되는 정보라는 걸 모를 리가 없었다.

당연히 그들은 기자들에게 그 사실을 팔았다.

그리고 자기 돈을 낸 기자 입장에서는 그 사실을 빠르게 이슈화하는 게 당연했다.

"그러니까 자기들끼리 미성년자 선수를 폭행한 것 때문에 경찰에서 조사받고 있다고?"

"네."

조충경은 기가 막혀서 말이 나오지 않았다.

의심스러워서 조사해 본 결과, 다행히 승부 조작은 아니었지만 선수 간 폭행이라니.

그마저도 그쪽에서 직접 이야기한 것도 아니고 언론을 통해 이야기가 나왔단다.

"나이트시티 이 새끼들은 몇 년 전부터 왜 이 지랄이야?"

"그러게 말입니다. 처음에는 잘나가더니."

한때 우승도 여러 번 하던 나이트시티였다.

하지만 그건 어디까지나 선수들의 노력이었는데 선수는 인정하지 않고 도리어 감독들이 그걸로 돈 벌 생각만 하다가 이 지경이 된 상황.

"어떻게 할까요?"

"어떻게 하긴. 일이 이 지경이 되었는데 출전시킬 수는 없 잖아."

나이트시티의 선수들 중 누가 폭행에 연루되었는지 알 수는 없다.

하지만 최소한 이게 외부에 드러난 이상 〈워든〉 게임조직위원회에서는 더 이상의 파국을 막기 위해서라도 관련자들을 출전 정지시킬 수밖에 없다.

"명단 나왔어?"

"명단이고 자시고 그냥 강원홍이 피해자고 나머지 선수들은 다 가해자랍니다."

"환장하겠네."

그 말에 조충경은 머리가 아파 왔다.

그냥 두자니 이 뉴스를 본 사람들이 나이트시티를 그냥 두고 볼 리가 없고, 시합마다 개판이 될 건 불 보듯 뻔한 일.

그렇다고 나이트시티를 그대로 시합에서 빼 버리자니 애써 만들어 둔 대진표가 시궁창으로 처박히는 꼴이다.

더군다나 폭행에 대한 조사가 이루어지고 있는 상황이지 폭행 자체가 명백하게 밝혀진 사실은 아니니 팀 전체의 출전 정지는 너무 과한 조치다.

"결국 출전시킬 수밖에 없는 거네?"

"현재로서는 그러네요."

"미친 새끼들. 야, 지금부터 나이트시티 중계는 빼 버려."

"네?"

"중계해 봐야 욕만 더 먹을 걸 왜 중계하냐? 어차피 지난번 경기 꼴 보니까 오래는 못 가겠더만."

조충경의 말에 부하들은 고개를 끄덕거렸다.

"그리고 경찰 조사 끝나면 주범 새끼들에게 빡세게 징계한다고 발표하고."

그는 게임에 똥을 묻히는 놈들을 용서할 생각이 전혀 없었다.

⚖️

나이트시티의 모회사인 SSC에는 날벼락이 떨어졌다.

그렇잖아도 요 근래에 나이트시티의 상황이 좋지 않은 것은 알고 있었다.

성적이 좋은 것도 아니고 그렇다고 이미지가 좋은 것도 아니지만 그들은 어떻게 해서든 나이트시티를 이용해 먹으려고 했는데, 그 와중에 선택한 것이 바로 자신들의 압도적인 자금력을 이용한 유망주 집어삼키기였다.

그런데 생각지도 못한 일이 터지면서 상황은 완전히 돌변했다.

"그러니까 지금 선수들이 죄다 처벌을 못 피한다고?"

"일단 법적인 처벌은 그다지 크지 않을 거라고 생각합니다."

"그 새끼들이 전과를 달든 자살을 하든 그건 내 알 바 아니고! 내 말은 시즌을 이겨 낼 수 있느냐는 거야."

나이트시티의 단장인 주원우는 이를 빠드득 갈면서 물었다.

그렇잖아도 이미지가 좋지 않았는데 인터넷에서 승부 조작 의혹으로 한바탕 시끄럽게 떠든 데다, 사실 무근으로 밝혀진 후에도 팀 내부에서 터진 폭행 의혹으로 인해 돌이킬 수 없는 이미지 하락을 겪고 있기 때문이다.

"불가능할 겁니다. 아무리 저희가 선수들을 케어해 준다고 해도……."

"뭐가 문제인데?"

"만일 선수단 내의 폭행 사건이 사실이라면 〈워든〉 게임 조직위에서 별도의 징계를 내리겠다고 합니다."

"얼마나?"

"최소 3개월 이상의 출전 금지라고……."

직원의 말에 주원우는 입에 게거품을 물었다.

"3개월? 3개월? 장난해, 지금? 그 새끼들 빼고 팀이 굴러가는 게 가능해?"

"안 됩니다."

해외처럼 마이너리그가 있는 것도, 2군이 있는 것도 아니다. 당연히 선수단이 충분하지 않다.

물론 5 : 5 팀전을 주력으로 한다고 선수가 딱 다섯 명만 있는 건 아니다.

선수단의 총인원은 여덟 명.

그들은 같은 집에서 생활하며 같이 연습한다.

쉽게 말해서 주전 다섯 명에 세 명의 후보가 있는 셈인데, 현재 사건에 관련된 것은 피해자인 강원홍과 마침 밖에 있던 다른 선수 한 명을 빼고 여섯 명이다.

그 말은 현실적으로 출전 가능한 게 두 명뿐이라는 건데,

5 : 5 게임이 기본인 〈워든〉은 두 명으로는 출전 자체가 불가능하다.

"환장하겠네."

주원우는 기가 막혀서 말을 잇지 못했다. 설마 일이 이따위로 굴러갈 줄은 전혀 몰랐으니까.

강원홍의 부모를 설득해서 계약을 이끌어 낼 때만 해도 미래에 비싸게 팔아먹을 수 있는 놈을 잡았다고, 좋다고 축배를 들었다.

그런데 갑자기 선수가 집단적으로 출전 불가라니.

"현재 가장 좋은 방법은, 문제가 된 놈들을 모조리 사건과 관련해서 방출해 버리고 나머지 FA에 나온 선수들을 잡는 겁니다."

"FA? 말이 FA지, 그냥 실력이 안돼서 방출된 새끼들 아니야!"

"그건 그렇습니다만……."

이 시점에서 실력이 좋은 선수들은 진즉에 계약을 새로 하고 새로운 팀으로 이적한 상황이다.

남은 선수들은 방출되었지만 어디 갈 데가 없는, 즉 아무도 데리고 가려 하지 않는 실력이 떨어지는 선수뿐.

"그렇게라도 하지 않으면 우리는 모든 게임을 기권해야 합니다."

팀 출전 금지도 아니고 선수 출전 금지이지만 경기에 나갈 선수가 없으면 결국 방법은 기권뿐이다.

그렇다고 추가적으로 선수를 데리고 와서 메꿀 수도 없는 게, 규정상 한 팀에 여덟 명이 최대 선수 풀이었다.

즉, 문제를 일으킨 여섯 명을 내치기 전에는 어떤 식으로도 문제를 해결할 방법이 없다는 거다.

"아오, 씨팔."

"단장님, 어떻게 할까요?"

"도련님 친구만 아니었어도 그런 미친 새끼를 받아 주는 게 아닌데."

애초에 감독이라는 사람부터가 제대로 된 인선이 아니었다.

원래는 감독 자리에 제대로 된 사람을 앉혔어야 하지만 〈워든〉의 경우는 감독 규정 같은 게 제대로 되어 있지 않다 보니 진짜 터무니없는 놈이 들어와도 막을 수가 없었다.

그래서 회장님의 아드님, 즉 후계자가 추천한 게임 좀 한다는 친구가 감독으로 부임해 버린 것이다.

그 게임 좀 한다는 새끼가 고작 골드 등급이라는 걸 나중에야 알게 되어 기가 막혔지만 그래도 자를 수는 없었다.

그런데 이 미친 새끼가 선수 관리를 제대로 안 해서 결국 사고를 치고 만 것이다.

"야, 그 새끼들 다 잘라."

"여섯 명 다요?"

"왜 여섯 명이야? 감독 새끼까지 일곱 명이지."

"네? 하지만 도련님이…….."

"지랄. 여기서 정상화되지 않으면 도련님이 문제가 아니라 회장님이 내려온다는 거 몰라?"

그러면 자기 자리가 위험해지기에 주원우는 결국 감독 같지도 않은 그 새끼를 자르기로 결심했다.

"경질하고. 그 새끼들 싹 다 잘라. 그리고 FA로 데려온 선수들로 채우고."

"네, 알겠습니다. 그리고 그 강원홍 그 새끼는 어떻게 할까요?"

어린 선수를 '그 새끼'라고 부르는 시점에서 이미 SSC의 입장은 결정되어 있었다.

아니나 다를까, 주원우는 눈을 찡그리며 툴툴거렸다.

비싸게 주고 데려온 놈이니 방출할 수도 없고 그렇다고 그냥 둘 수도 없는 것이다.

일단 그놈이 나이트시티 시합에 제대로 임할 것 같지도 않은 상황.

"방출해 버릴까요?"

"그러면 손해가 너무 크지 않아?"

"크죠. 일단 입단 계약할 때 10억을 줬고, 거기다가 저거 너트에 무려 30억을 줬습니다."

노형진은 50억을 생각했지만 이들이 준 돈은 그 정도까지는 아니었다.

"그 정도면 싼 게 아닌데."

"꽉 쥐고 있으면 글로벌 리그에서 먹힐 만한 인재이기는 합니다만."

"인재는 개뿔. 그 새끼는 마귀야. 데리고 있어 봤자 답이 없는 마귀 새끼."

하지만 또 그냥 풀어 주기도 힘든 상황.

"어떻게 해서든 돌려받을 방법을 찾아봐야지."

주원우는 그렇게 생각했다.

그리고 그가 그리 나올 것임을 노형진은 예상하고 있었다.

"수십억이 걸린 상황이니 저들이 쉽게 강원홍을 놔주지는 않을 거야."

계약하고 저거너트에서 데리고 온 건 나이트시티의 사정이다. 그리고 이미 돈은 지급된 상황.

그런데 이제 와서 갑자기 돈을 돌려 달라고 할 수는 없다.

"그러면 어떻게 할까?"

서세영은 고개를 갸웃했다.

이 상황에서는 사실상 나이트시티는 망할 수밖에 없다.

물론 나이트시티는 현재 기존 선수들을 방출하겠다고 발표하고 그 자리를 채우기 위해 FA에 나온 선수들과 접촉하고 있다.

"선수들이 채워지면 다시 한번 시합에 내보낼까?"

"그럴 생각이겠지."

"하지만 그렇게 되면 좋지 않을 텐데."

팀워크라는 건 절대로 만만한 문제가 아니다.

게임을 할 때 헤드셋을 쓰고 서로 고래고래 소리를 지르는 건 어떻게든 호흡을 맞추기 위해서다.

그런데 현실적으로 함께 훈련한 경험도 없는 신입들이 제대로 된 경기를 할 거라고 기대하기는 힘들다.

"더군다나 이런 말 하긴 그렇지만 지금 남은 FA라면 수준이 뻔할걸."

서세영은 〈워든〉은 안 하지만 그래도 세상이 기본적으로 어떻게 굴러가는지에 대해서는 알고 있다. 그리고 실력이 있는 사람이라면 지금쯤 어디든 계약되어 있어야 한다는 것도 안다. 이미 시즌이 시작된 상황이니까.

"그러면 실적도 떨어질 텐데?"

한 명이 아무리 날고뛰어도 주변이 모두 병신이라면 그 사람의 능력도 떨어지는 것처럼 보인다.

어떤 투수가 매번 시합에서 완봉승을 하고 안타 하나 안 맞는다고 해도 같은 팀 놈들이 안타 하나 못 치면 그 경기는 그냥 무승부가 되는 거다.

"강원홍도 마찬가지 아냐?"

"마찬가지겠지."

강원홍이 아무리 캐리를 해도 다른 선수들이 경기를 바닥으로 끌고 들어가면 그때는 답 없다.

한창 폼이 올라오다가도 결과적으로 바닥으로 떨어질 수밖에 없는 상황.

"그러니까 계약 취소 소송을 걸어야지."

"계약 취소 소송?"

"그래."

노형진은 미소를 지었다.

"이 계약은 처음부터 잘못되어 있다고 말이야. 거기다가 강원홍은 피해자야. 그 팀에 들어가고부터 계속 폭행 및 협박을 당했어. 그리고 그 사실을 나이트시티도 알고 있고."

"그거야 그런데……."

노형진의 말에 서세영은 아리송한 얼굴이 되었다.

그럴 수밖에 없었다.

"그거, 강원홍 선수 부모님이 그냥 취하서를 내면 그만이잖아?"

현재 노형진은 강원홍의 정식 변호사가 아니다. 어떻게 보면 공짜로 일해 주는 거다.

신고 자체도 노형진이 변호사라서 해 준 게 아니라 범죄 신고는 누구나 할 수 있기 때문에 한 것에 지나지 않는다.

그래서 노형진이 직접 기자회견을 하지도 않았던 것이다.

만일 노형진이 기자회견으로 팀 내부에서 벌어진 일을 터트렸다면 강원홍의 부모님이 반박할 테니, 까딱 잘못하면 허위 사실 유포로 엮일 테니까.

피해자의 법정대리인이 나서서 공격하면 이쪽이 불리해지는 건 당연한 일.

그랬기에 노형진은 기자회견을 하거나 언론에 사실을 공표하는 대신에 에둘러 공격해서 승부 조작이라는 형태로 이슈를 끌어낸 것이다.

"물론 그럴 거야. 100% 소를 취하해 버리겠지."

"그런데 왜?"

"내가 원하는 게 그거거든."

"응?"

노형진의 말에 서세영은 이해를 못 하고 고개를 갸웃할 수밖에 없었다.

노형진은 강원홍의 동의를 얻어서 계약 취소 소송을 제기했다.

사유는 간단했다. 팀 내부에서 폭행 사건이 벌어진 사실을 회사 측에서도 알면서 해결해 주지 않고 도리어 사건을 무마하고 은닉하려고 했다는 주장이었다.

물론 나이트시티는 그걸 인정할 수가 없었다.

만일 인정하게 되면 실제로 계약상 신의성실의원칙 위반으로 계약이 취소되기 때문이다.

문제는 귀책사유가 이쪽에 있기 때문에 이길 수가 없다는 거였다.

실제로 폭행이 수십 일에 걸쳐서 이루어졌고 노형진의 주장대로 그 사실을 회사에서는 알고 있었다.

심지어 전 감독은 강원홍을 길들여야 한다면서 은근히 폭행을 사주하기까지 했을 정도였다.

당연히 소송하면 이길 수가 없는 상황.

하지만 그렇다고 해서 그들에게 방법이 없는 건 아니었다.

"우리가 소송을 취하해 달라고?"

"네, 노형진 그놈은 미성년자를 대신해서 소송하는 상황입니다. 그런데 이건 여러분들이 동의서를 써 주지 않았다면 위법 사항이 됩니다."

"흠."

그 말에 강원홍의 부모의 눈에 탐욕이 돌았다.

"공짜로?"

"공짜라니요? 팀에 남아야 하지 않습니까?"

"아니지. 우리 입장에서는 여기서 이기는 게 훨씬 낫지."

현실적으로 보면 이제는 막장으로 굴러가는 나이트시티보다는 좀 더 건실한 팀으로 가는 게 훨씬 나은 선택이다.

실제로 강원홍의 실력은 지금도 빠르게 올라가고 있었으

니까.

이게 전화위복이라고 할 수 있을지 모르지만 현실이 그랬다.

전에 있던 놈들은 죄다 잘려 나갔고 이제 막 들어온 사람들은 연계 플레이는커녕 서로 간의 플레이 스타일 파악도 안된 상황.

그나마 캐리 하는 사람은 오로지 강원홍 한 명뿐이었고, 상대방 팀도 다른 놈들은 신경 끄고 강원홍 하나만 조지면 된다는 결론에 도달했는지 모든 공격이 강원홍에게 쏠리기 시작했던 것이다.

그러자 강원홍은 버티기 위해서라도 최선을 다해야 했고 결과적으로 강원홍의 실력은 무서울 정도로 성장하고 있었다.

심지어 어떤 경기에서는 혼자서 상대방 진지를 다 휘젓고 다닌 끝에 팀이 이렇게 개판인데도 불구하고 승리를 따냈다.

물론 상대 팀 순위가 낮긴 했지만 프로 리그에서 그건 절대로 쉬운 일이 아니었다.

"우리야 계약 해지되면 다른 곳에 가면 되니 그게 더 좋지."

아마 다른 곳에서도 상당한 계약금을 줄 거다. 그런 생각에 강원홍의 부모님들은 흐뭇한 미소를 지었다.

그 미소를 본 나이트시티의 변호사는 눈을 찡그렸다.

'그렇잖아도 팀 개판인데.'

여기서 강원홍까지 빠져나가 버리면 팀이 존재할 이유가 없어져 버린다.

이번 시즌은 버린다고 해도, 과연 다음 시즌에는 제대로 된 선수를 구할 수 있을까?

그럴 리가 없다.

즉, 한때 부동의 꼴찌라고 불리던 부동 스타파이터의 자리를 자신들이 차지하게 될지도 몰랐다.

농담이 아니라 실제로 강원홍이 몸부림치고 있음에도 불구하고 벌써 두 번이나 부동 스타파이터에 내리 졌다.

이번 시즌에서 꼴찌는 확정인 상황.

'내년에도 그럴 수는 없어.'

SSC는 좋은 회사가 아니다. 실적만 된다면 뭐든 해도 되지만 실적이 안 된다면 가차 없이 자르는 곳이다.

애초에 나이트시티를 만든 것도 나이 어린 학생들에게 빵팔아먹기 위해서 아니었나?

"만일 소송을 취하해 주면 저희가 적당한 돈을 드리겠습니다."

"2억. 그 이하로는 안 돼."

"2억요?"

"그래. 그 정도는 줘야지. 다른 곳에 가면 10억은 받을 거 아니야."

"무리입니다만."

나이트시티는 강원홍을 중국에 팔아먹을 생각으로 10억이나 부른 거지, 다른 팀들은 절대로 그 돈은 안 준다.

"그래도 2억은 줄 거 아니야? 솔직히 계약이 끝나도 계속 나이트시티 소속으로 남을 건데 그 정도는 줘야 하는 거 아니야?"

아니라고 하기에는, 강원홍의 부모님은 이미 이쪽 업계에 대해 너무 잘 알고 있는 상황.

"어쩔 거야? 줄 거야, 말 거야?"

강원홍의 아버지의 말에 변호사는 눈을 찡그렸다. 하지만 예상은 했던 일이다.

"드리죠."

사실 2억 정도는 줘야 소를 취하해 줄 거라는 것쯤은 그도 알고 있었다.

"좋아, 좋아."

변호사의 말에 강원홍의 부모는 즐거운 미소를 지었다. 공돈 2억이 생긴 셈이니까.

"우리가 바로 소 취하서를 넣어 줄게, 후후후."

만족한 듯 미소를 짓는 두 사람.

이렇게 모든 문제가 해결될 거라고 그들은 생각했다. 그랬기에 이미 노형진이 만든 함정에 빠졌다고는 전혀 예상하지 못했다.

⚖️

"역시나 소송이 취하되네."

대리권이 없는 변호사가 낸 소장이었기에 그걸 부모가 취하하는 건 어려운 일이 아니었다.

그 사실을 들은 강원홍의 얼굴에는 실망이 가득했다.

"부모님이 이럴 줄은 몰랐어요."

그가 나이트시티 팀원들에게 맞아 멍든 채로 집에 갔을 때도 부모로부터 들은 말은 누가 때렸냐는 질문이 아니라 세상은 원래 살기 힘드니 참고 버티라는 소리뿐이었다.

"뭐, 돈에 욕심이 생기면 더더욱 그렇지. 자녀가 성공하면 수많은 부모님들이 실수하는 게, 자녀의 돈이 내 돈이라고 생각하는 거거든."

하지만 그건 틀린 말이다.

자녀가 성공해서 번 돈은 자녀의 돈이지 부모의 돈이 아니다. 설사 그 자녀가 미성년자라고 해도 말이다.

"중요한 건 그거지. 너를 배제하고 모든 결정이 이루어졌다는 것."

"그러면 이제는 어떻게 해요? 제가 또 참고 거기로 들어가야 해요?"

우울하게 말하는 강원홍.

"넌 어쩌고 싶은데?"

"솔직히 떠나고 싶죠. 하지만 거기에 남는 건 또 다른 이야기 같기는 해요."

"왜?"

"제가 가기 싫었던 원인들은 정작 모두 사라졌잖아요."

감독도 잘렸고, 기존 선수들도 한 명 빼고는 다 잘렸다.

그나마 남은 한 명도 일이 이 지경이 되자 강원홍의 눈치를 보고 있어서 생활 자체는 어렵지 않았다.

"버티라고 하면 버틸 수는 있겠는데, 솔직히 그렇게까지 하고 싶지는 않아요."

"알아. 그러니까 이제 슬슬 떠날 준비를 해야지."

현실적으로 보면 나이트시티는 절대로 좋은 팀이 아니다.

선수와 감독의 문제가 아니라 그들의 계획이, 강원홍이 실력을 키우면 비싸게 중국에 팔아먹을 속셈이라는 것이 문제였다.

'문제는 중국에 가면 좋은 꼴은 못 본다는 거지.'

물론 중국에서 〈워든〉의 인기는 대단하다. 하지만 실력은 상당히 떨어진다.

당연하다. 거기는 진짜 승부하는 애들이 없으니까.

중국에서 〈워든〉을 하는 사람들은 핵을 깔지 않는 게 이상할 정도로 핵에 의존한다.

그렇다 보니 현실적으로 프로게이머들의 실력이 바닥을 기어서 국제 대회에서 우승을 못한다.

그래서 그걸 해결하기 위해 중국인들은 자기네 팀을 거의 한국인으로 채운다.

하지만 현실적으로 중국까지 가서 성인도 되기 전에 생활하는 게 좋은 선택은 아니다.

실제로 중국까지 갔다가 팀 내 불화나 왕따로 한국에 손해배상을 해 주고서라도 풀려나서 돌아오는 선수들이 생각보다 많다.

"이제는 네가 행동해야 하는 시점이야. 물론 네가 남고자 하면 안 해도 되는 일이지만."

"거기에는 남고 싶지 않아요. 사람들이 바뀌었다고 해도 본질이 바뀐 건 아니잖아요."

"그건 그래."

SSC의 분위기가 개판이니 사람이 좀 바뀌었다고 해서 크게 나아지는 않을 거다.

"그럼 네가 할 일은 간단해. 이제부터 참가하는 시합에서 최선을 다하지 않는 것."

"네?"

그 말에 강원홍은 깜짝 놀랐다. 최선을 다하지 말라니?

"지난번처럼 적당히 마음대로 하라는 거예요?"

"아니야. 진짜로 제대로 하면 안 된다는 거야."

"네? 어째서요?"

"학원을 예로 들어 보자. 네 부모님이 등록하면 너는 학원을 다녀야 하지?"

"네."

"그런데 거기에 열심히 다닐지 말지는 네 마음에 달린 일이잖아. 안 그래?"

"그거야……."

실제로 강원홍도 학원을 다녔고 때때로는 어쩔 수 없이 가는 날도 있었다. 그럴 때는 아예 머릿속에 수업 자체가 들어오지 않기도 한다.

"부모님들의 권한은 미성년자를 대신해서 계약할 수 있는 것뿐이고, 그걸 제대로 이행할 수 있느냐는 별개의 문제거든."

"하지만 그걸로 팀에서 뭐라고 하면요?"

"문제는 그거지."

노형진은 씩 하고 웃었다.

"미성년자의 문제에 대한 책임은 부모님한테 있다는 거, 후후후."

⚖️

노형진의 말에 따라 강원홍은 자기 마음대로 플레이를 했다.

물론 노형진의 말대로 정말 마음대로 시합을 던진 건 아니었다.

하지만 그 대신에 다른 방식, 즉 기존에 하고 싶었지만 시도하지 못하던 실험적 플레이를 시작하기 시작했다.

당연하게도 그 반동은 대단했다.

―아, 이게 웬일입니까? 강원홍 선수, 힐러로 딜을 넣습니다?

―힐러이지만 딜러 포지션으로 가는데요? 이게 기존에 있던 메타인가요?

―아닌데요? 저 캐릭터는 힐 주력이라 아무리 장비를 세팅해도 절대로 딜러 주력이 못 됩니다.

―무슨 생각일까요?

―모르겠네요. 아, 역시 힐에서 밀리는 나이트시티. 역시나 밀립니다.

너무나 당연한 일.

그리고 그 너무나 당연한 일에 화가 난 이는 나이트시티의 주원우 단장이었다.

"야, 이 새끼야! 지금 장난해? 거기에서 왜 그 지랄인데?"

"저는, 어차피 질 거니까 새로운 메타에 도전을……."

"질 거라는 걸 어떻게 아는데?"

"이길 수가 없잖아요."

선수들의 기량도 떨어지는데 심지어 감독도 없다.

전에는 그나마 주장이 제법 실력이 있어서 감독이 병신 짓을 해도 어떻게 유지를 했다지만 새로운 주장은 최고 랭킹이 128위다.

최저도 아니고 최고가 말이다.

그 지경이니 당연히 제대로 된 훈련도 안 되고, 결국 최악의 상황인 부동의 꼴찌는 스타파이터가 아닌 나이트시티가 차지해 버린 상황.

"그래서 저는 다음 시합에 대비해서 새로운 가능성을……."

"가능성? 가능성? 이 새끼야! 미쳤어? 어? 지금 개기는 거야? 뒈지고 싶어?"

주원우 단장은 목소리를 높일 수밖에 없었다.

자신의 말을 듣지 않는 놈을 그대로 놔둘 수는 없었으니까.

"이 새끼가 오냐오냐하니까 지금 주제도 모르고 날뛰는 모양인데, 이 새끼야, 너 같은 거 하나 생매장하는 건 일도 아니야. 너, 이 바닥에서 숨도 못 쉬게 해 줄까?"

결국 화가 머리끝까지 뻗친 주원우는 당장이라도 강원홍을 두들겨 패기 위해 다가가다가 순간 흠칫했다.

오른쪽의 바지가 불룩했으니까.

그 안에 뭐가 있을지 정도는 쉽게 예상할 수 있었다.

"에이, 씨팔!"

결국 때리지는 못하고 제자리로 돌아온 주원우는 목소리를 높였다.

"꺼져, 이 새끼들아!"

"네."

선수들이 우르르 나가자 주원우는 긴 한숨을 내쉬었다.

"미치겠다. 개 같은 거."

"단장님, 아무래도 강원홍 이 새끼가 그냥 게임을 던지는 눈치 같습니다."

"그걸 그냥 둬?"

"이게 규정이 없어서요."

"규정이 없다고?"

"그 누가 프로가 게임을 던지리라고 생각하겠습니까?"

물론 승부 조작을 위해 게임을 던지는 경우에는 처벌 대상이고 실제로 처벌받은 경우가 있다.

하지만 이건 승부 조작하는 것도 아니고, 진짜로 답이 없으니까 게임을 던지는 거다.

더군다나 지금 강원홍의 말이 틀린 것도 아니다.

실제로 아무리 날고뛰어도 현재 나이트시티의 실력으로는 우승은커녕 승리도 요원한 일이다.

"미치겠네. 저 새끼를 어떻게 한다?"

"방출할까요?"

"방출하면? 지금까지 나간 돈은 어디 땅 파서 나오냐?"

당연히 그 돈은 어디에서도 나오지 않는다. 그러니 그건 손실로 남을 거다.

"그렇다고 해서 강원홍을 계속 두는 건 힘듭니다, 단장님."

"알아. 안다고, 씨팔."

차라리 이용해 먹을 수 있으면 좋겠지만 이미 강원홍은 게임을 던지겠다는 의사를 당당하게 실행하고 있는 상황.

이 상황에서 계속 끌고 가 봐야 늘어나는 것은 오로지 연패의 숫자일 뿐이다.

"그렇다고 뺄 수도 없고."

황당한 짓을 하고 있기는 하지만 그렇다고 해서 강원홍의 실력이 어디 간 것은 아니었다.

실제로 지난 시합에서 힐러로 딜을 하는 황당한 짓거리를 했지만 웃기게도 팀 내 딜양 순위가 3위였다.

그러니까 진짜 딜을 넣은 나머지 네 명의 선수 중에서 두 명은 힐러만도 못한 딜을 넣었다는 소리다.

"환장하겠네. 이 새끼를 어떻게 하지? 이거 승부 조작으로 어떻게 못 엮어?"

"불가능합니다. 승부 조작을 하기 위해서는 외부에서 관련된 뭔가를 해야 합니다."

승부를 조작해 달라고 부탁받든가 아니면 돈을 받든가 해야 하는데, 지금 상황을 보면 승부 조작과는 전혀 상관없이 강원홍이 그냥 하기 싫어서 그런 것이었다.

실제로 강원홍은 팀에서 나가기 위해 소송을 걸기도 했는데 그의 부모님이 소송을 취하하는 바람에 그 방법도 막혔으니.

"저 새끼가 계속 저러면 우리는 어쩌지?"

지금으로서는 팀 내부에 거의 유일하게 쓸 만한 선수가 강원홍이다. 그런 만큼 그냥 방출할 수도 없는 상황.

그때 부하 직원이 좋은 생각이 난 듯 주원우에게 말했다.

"단장님, 소송을 한번 걸어 볼까요?"

"소송?"

"네, 이건 형사적으로 뭘 하거나 할 수는 없습니다. 그렇다고 〈워든〉 게임 조직위에서 징계할 것도 아니고요."

나이트시티가 병신 짓을 하는 건 어디까지나 나이트시티의 문제이니 〈워든〉 게임조직위원회에서 관여할 수는 없다.

그렇다고 형사 고소하기에는 걸리는 게 없다.

"그러니까 민사소송을 거는 겁니다."

"민사소송이라고?"

"네."

"흠."

"결국 애새끼 아닙니까? 소송을 걸어서 압박을 가하면 겁먹고 꼬리를 말지 않겠습니까?"

"소송……."

"네."

"흠, 좋은 모습은 아닌데……."

그렇잖아도 팀에서 심하게 두들겨 맞아서 한창 뉴스를 뜨겁게 달군 상황이다.

누가 봐도 현재 강원홍은 명백한 피해자고, 실제로 사람들은 최근 부진한 이유를 그 상황으로 인해 멘탈이 나가서라고 받아들이고 있다.

물론 강원홍은 그 정도로 멘탈이 나갈 정도로 약한 아이는 아니다.

고작 열여섯 살에 주력으로 뛸 정도라면 진짜 멘탈을 타고 나야 하니까.

"물론 강원홍에게 직접 소송을 걸 필요는 없다고 생각합니다."

"그러면 누구?"

"부모에게 관리 책임을 이유로 소송하죠."

"관리? 아하. 하긴, 애새끼들은 부모한테 설설 기지."

당장 자신들에게서 벗어나겠다고 소송했던 강원홍이지만 부모가 취하하자 아무 말 못 하고 입만 꾹 다물고 있는 것만 봐도 충분히 가능한 일이었다.

"더군다나 이 부모라는 인간들이 하는 짓거리가 너무 가관이라서요."

"그렇기는 하더군."

소송을 취하하는 조건으로 무려 2억이나 달라고 했고 실제로 받아 간 놈들이다.

그렇다 보니 나이트시티 입장에서는 아무리 좋게 보려고 해도 좋게 볼 수가 없었다.

"그러니까 일단은 부모를 찔러보죠."

"한번 살짝 찔러봐. 그러면 무슨 반응이 있겠지."

주원우는 자신들이 압력을 가하면 당연히 무슨 일이 벌어질 거라 생각했다.

물론 무슨 일이 벌어지기는 했다.

하지만 애석하게도 그건 그들이 원한 일이 아니었다.

　강원홍의 실적이 떨어지기 시작하자 주원우는 강원홍을 압박하기 위해 소송을 걸었다.

　당연하게도 그 대상은 법정대리인인 강원홍의 부모님이었다.

　미성년자에게 소송을 거는 것은 불가능했으니까.

　당연하게도 강원홍의 부모님은 난리가 났다.

　자식의 성적 부진이 소송으로 돌아올 거라고는 생각해 본 적 없으니까.

　물론 평소라면 그런 일은 없었을 것이다.

　하지만 강원홍은 나이트시티에서 나가기를 원하는 상황.

　그렇다 보니 고의적으로 게임을 개판으로 하고 있었고, 아무리 나이트시티의 사람들이 무능해도 그것도 못 알아차릴 수준은 아니었다.

당연하게도 그들 입장에서는 무려 40억이나 주고 데리고 온 선수가 고의적으로 시합에 제대로 응하지 않으며 패배하는 걸 그냥 두고 볼 수가 없었다.

강원홍을 붙잡고 말하는 방식이 먹힐 시점은 이미 지났으니까.

그런 상황에서 하나의 압박 수단으로써 꺼내 든 게 손해배상 청구 소송이었다.

그런데 노형진은 그들이 생각하지도 못한 방식으로 그에 대한 반격을 가했다.

"채무 부존재 확인 소송?"

서세영은 노형진의 계획에 입을 쩍 벌렸다.

"설마 오빠는 처음부터 이걸 노린 거야?"

"맞아."

"아니, 그쪽에서 민사소송을 걸지 않았으면 어쩌려고?"

"뭐, 그러면 다른 방법을 찾아야 했겠지. 사실 변수는 많았어. 하지만 그 변수들은 대부분 해결책이 있었지. 저쪽에서 소송을 걸었기 때문에 난 채무 부존재 확인 소송을 거는 것뿐이야."

막힘없이 답하는 노형진을 보고 있자니 서세영은 왠지 기가 막혔다.

"이게 말이 되나?"

"되지. 현실적으로 보면 이 소송은 결과적으로 강원홍에게 거는 거지. 맞지?"

"맞아."

"그리고 이 소송에서 강원홍의 부모님들은 그저 대리인일 뿐이고. 맞지?"

"맞아."

"그런데 말이야, 이 채무가 발생한 것에 대해 어떻게 판단해야 할까?"

순간, 서세영은 말문이 막혔다.

확실히 뭔가 너무 복잡했으니까.

"그거야……."

그녀가 설명을 못 하자 노형진은 미소를 지으며 대신 설명해 줬다.

"저쪽에서 한 손해배상 소송의 핵심은 그거야. 강원홍이 팀과 계약되어 있지만 열심히 임하지 않아서 손해배상이 발생했다. 그렇지?"

"맞아. 그런데 그게 왜 손해가 되는지 모르겠네."

"손해가 되는지 안 되는지는 상관없어. 정확하게 표현하자면 손해는 없지. 그런데 팀의 부진에 대한 책임을 선수에게 물리는 게 가능할까?"

"그러니까 이해가 안 가는 거야."

성적이 부진한 경우 그 책임은 감독이나 팀이 알아서 하는 거지 선수가 질 게 아니다. 하물며 이 선수는 명백한 피해자가 아닌가?

"지금 나이트시티는 진짜 소송하려는 게 아니야. 강원홍을 압박하려는 거지."

"압박?"

"그래. 그런데 강원홍은 미성년자라 직접 소송을 못 하잖아. 음, 쉽게 말해서 이런 거지. '너 제대로 안 하면 너희 부모님 인생을 조져 버리겠어.'라는 거."

그 말에 서세영은 눈을 찡그렸다.

문제는 실제로 그런 협박이 먹힌다는 거다.

아이들에게 범죄를 저지를 때 가해자들은 아이들에게 '엄마 아빠도 죽여 버린다.'라고 협박하는데, 그러면 아이들은 자기들이 참으면 부모를 지킬 수 있다고 생각한다.

"대기업이라는 새끼들이 그런 짓을 한다고?"

"그런 새끼들이 어디 한둘이야?"

너무 많아서 어이가 없을 정도로 넘치는 게 그런 놈들이다.

"어찌 되었건 그런 목적으로 이루어지는 소송이야. 근데 말이야, 그 협박이 안 먹힌다면 어떨까?"

"안 먹힌다니?"

"애초에 지금까지 이루어진 모든 법률적인 행동에 과연 강원홍의 의견이 들어갔을까?"

"당연히 안 들어갔지. 아하!"

이미 아는 사실을 떠올리며 대답하던 서세영은 문득 무언가를 깨닫고 감탄을 내뱉었다.

"그렇구나. 이게 그러면 법적으로 문제가 되겠구나?"

"이제 알겠어?"

"와, 난 전혀 생각도 못 했는데 이거 진짜 복잡하네."

"원래 쉽게 가려고 하면 한없이 쉽고 어렵게 가려고 하면 또 어려운 게 법이야."

채무 소송이라는 것은 기본적으로 당사자의 책임의 영역이 아주 강력하게 작동한다.

예를 들어 부모가 자식 명의로 대출해서 사업하다가 말아 먹었다고 치자. 이게 불가능한 것 같지만 또 아예 불가능한 것도 아니다.

사업하다가 자식 명의로 대출받아서 자기 사업에 꼬라박는 사람들이 생각보다 많으니까.

물론 이 경우 핵심 요소는 바로 당사자의 동의다.

자식이 미성년자라면 애초에 대출이 나오지 않는다. 그리고 성인이라면, 그런데 자식이 부모의 대출 여부를 모르고 있었다면?

당연히 그 배상 책임은 부모에게 있다.

자식은 자기가 몰랐던 대출이 생기는 거니 그에 대한 책임이 없다.

왜냐하면 미성년자가 아닌 나이가 된 이상 대출해 주는 은행 입장에서는 당사자의 동의 여부를 아주 확실하게 확인해야 하기 때문이다.

만일 제대로 된 확인 없이 성인 자녀의 명의를 가지고 온 부모에게 대출을 해 준다면 그건 은행의 과실이다.

"이 경우는 현실적으로 보면 강원홍의 동의가 전혀 없지."

단순히 동의가 없는 정도가 아니다.

강원홍은 아예 수차례에 걸쳐서 나이트시티와의 계약에 반대 의사를 밝혔지만 부모가 자신의 권리를 이용해서 강제로 한 계약이다.

"그러네. 이건 증거가 없다는 소리도 못 하겠구나."

증거가 없으니 당사자의 동의를 얻은 거라는 거짓말조차도 현실적으로 하지 못한다.

왜냐하면 소송까지 시도했던 사실이 있으니까.

실제로 노형진이 취하될 걸 알면서도 고의적으로 소송을 넣은 이유가 바로 그것이었다.

어떻게 해서든 강원홍이 나이트시티와의 계약을 반대한다는 기록을 남겨야 했으니까.

소송 대상이 부모님이 된 상황에서 부모님이 나중에 가서 '강원홍이 처음에는 동의했다.'라는 식으로 거짓말하면 그걸 뒤집는 건 쉽지 않다.

그리고 그런 경우 재판부는 일단 법적인 대리인이자 관리 책임자인 부모의 말을 들어 줄 가능성이 크다.

"하지만 이제는 아니지."

강원홍은 분명 계약을 거절하고 싫다고 했으며, 그런 자신의 의사를 명확히 밝히기 위해 소송까지 했다. 하지만 결국 부모에 의해 강제로 계약하고 말았다.

그렇다면 나이트시티에서 요구하는 실적 저하의 책임은 과연 누구에게 있겠는가?

"강원홍에게? 턱도 없는 소리지."

강제로 계약이 이루어졌고 심지어 현장에 끌려가서 감금 당하고 폭행까지 당한 피해 아동이다.

그런 상황에서 아이의 성적이 안 좋다는 이유로 손해배상을 청구한다면 과연 재판부에서 책임을 인정할까?

"그러면 가만히 있어도 끝 아니야?"

"전혀 끝이 아니지. 당사자의 의견을 무시하고 강제로 계약한 사람이 있잖아."

"강원홍의 부모님?"

"맞아."

그들은 강원홍의 의견을 철저하게 무시하고 계약을 진행했다.

그 말을 들은 서세영은 소름이 돋았다.

"잠깐만. 그러면 그 손해배상 책임은?"

"자연스럽게 강원홍의 부모님에게 쏠리게 되는 거지. 아마도 나이트시티는 협박이나 그런 목적이겠지만, 구조적으로는 부모가 책임질 수밖에 없으니까."

"와, 미친! 이게 설계였어?"

"어, 처음부터."

당사자의 실력 하락은 부당한 계약으로 인해 시작되었다.

그리고 그 계약을 강제한 것은 다름 아닌 강원홍의 부모님들.

"강원홍은 피해자일 뿐이고 애초에 법적인 자격이 없으니까 책임도 없는 거지."

노형진의 말에 서세영은 혀를 내둘렀다.

쉬운 사건이 아닐 거라고 생각은 했다. 부모님의 친권은 절대적이기 때문에 아무리 법을 확인해도 결국 강원홍을 대신할 수 있는 건 그들뿐이었기 때문이다.

그런데 노형진은 그걸 살짝 꼬아서 모든 책임을 부모에게 뒤집어씌운 것이다.

"강원홍 부모님 입장에서는 날벼락도 이런 날벼락이 없겠는데?"

"그렇겠지. 이게 애매하거든."

계약의 당사자는 강원홍이다. 부모는 대리인일 뿐이고.

만일 노형진의 계획대로 된다면 그의 부모님은 돈은 구경도 못 해 보고 그냥 손해배상만 하게 되는 셈이다.

"하지만 그 부모라는 인간들이 쉽게 그걸 인정할까?"

"안 하겠지. 그래서 이 상황을 해결하기 위해 다른 소송이 필요해."

"다른 소송?"

"그래."

노형진은 새로운 소장을 꺼냈다. 그건 다름 아닌 강원홍의 부모가 가진 대리권 박탈 소송이었다.

미성년자의 경우, 모든 소송을 하기 위해서는 친권자의 동의가 필요하다. 하지만 단 하나, 부모의 대리권을 박탈하기 위한 소송만은 그게 필요 없다.

왜냐하면, 그걸 강제해 버리면 아예 소송 자체가 불가능하니까.

"어? 그게…… 잠깐?"

문제는 그걸 통과시키기 위해서는 부모의 과실이 아주 크거나 미래에 미성년자에게 확실하게 피해를 입힐 수 있음을 증명해야 한다.

"과실이야 이제 입증이 끝난 것 같은데?"

"헐!"

그 말에 서세영은 입을 쩍 벌렸다.

"자, 이제 끝을 보자고, 후후후."

⚖

부모의 대리권 박탈 소송.

그걸 걸자 강원홍의 부모님들은 날벼락이 떨어졌다고 길

길이 날뛰었다. 자식이 이렇게까지 할 거라고 생각하는 사람은 없으니까.

하지만 강원홍은 단호했다.

왜냐하면 그는 충격적인 이야기를 들었기 때문이다.

"제 돈이 없다고요?"

"그래. 혹시나 해서 확인해 봤다."

"하지만 무려 10억이나……. 아니, 제가 프로 경기한 것만 해도……."

나이트시티에서 받은 10억에 지난 팀이었던 저거너트의 연봉, 거기에 우승 상금까지 하면 최소한 13억은 있어야 한다.

그런데 한 푼도 없다니?

"부모님이 가지고 계신가요?"

"아니. 뭐…… 가지고 있지만 가지고 있지 않다고 해야 할까?"

"무슨 말이에요, 그게?"

"너희 부모님이 대출 풀로 당겨서 빌딩을 샀더라."

"제 이름으로요?"

"아니. 그랬다면 법적으로 문제가 안 되지. 자기들 이름으로 샀으니까 문제가 되는 거지."

"네?"

"이게 문제가 된단다."

먼 훗날 그가 성인이 된 후에 그걸 돌려받기 위해서는 소송할 수밖에 없다.

그러나 대부분의 자식들은 부모님에게 소송하는 걸 꺼린다.

실제로 성공한 사람의 부모가 자식의 등골을 빼먹는 가장 확실한 방법이 바로 이런 식으로 자식의 돈으로 자기 명의의 빌딩을 사는 거다.

"빌딩의 가치는 대략 30억쯤 된다. 그런데 네가 가진 돈은 고작 13억이었지. 그리고 부모님의 재산 상황은 변한 게 없어. 그럼 이게 무슨 소리인지 알겠지?"

"……."

강원홍의 부모님은 강원홍이 미래에 벌어 올 돈까지 모두 자신들의 빌딩에 집어넣으려 했다는 소리다.

"엄마랑 아빠가 이럴 줄은 몰랐어요."

"돈은 많은 것을 바꾸지. 현실도, 사회도, 심지어 사람도."

노형진은 안타깝게 말했다.

"물론 내 계획대로라면 법적으로 아무런 문제가 없을 거야."

"부모님도요?"

"그래, 부모님도."

물론 부모님이 강원홍을 이용한 건 사실이다. 하지만 그렇다고 해서 강원홍이 부모님을 버릴 수는 없다.

그는 고작 열여섯 살일 뿐이다. 게임의 천재라고 해서 부모가 필요 없을 나이는 결코 아니다.

"그러니까 일단은 소송부터 시작하자."

그렇게 시작된 소송은 당연히 노형진의 계획대로 굴러가기 시작했다.

"재판장님, 보다시피 피고들은 원고 강원홍의 의견을 철저하게 무시하면서 지속적으로 돈을 벌어 올 것을 강요해 왔습니다."

노형진의 공격에 강원홍의 부모님은 다급하게 변호사를 샀지만 이미 현실적으로 모든 증거가 넘어간 상황에서 그들의 저항은 의미가 없다시피 했다.

"피고 측, 어째서 원고 강원홍의 의견을 무시하고 독단적으로 나이트시티와 계약을 했습니까?"

"피고는 나이트시티가 원고의 미래에 큰 영향을 줄 거라 믿어 의심치 않았습니다."

"물론 영향을 주기는 했죠. 아주 안 좋은 영향을 말입니다. 피고 측은 원고가 나이트시티에서 감금되고 폭행당하고 있다는 사실을 알고 있었습니까?"

"몰랐습니다."

"몰라요? 올 때마다 얼굴에 멍이 들었는데요? 그리고 원고의 증언에 따르면 피고 측은 '세상은 원래 힘들다.'라는 말로 신고를 막았다고 하던데요?"

"그거야······."

실제로 그랬기에 피고 측 변호사는 아무 말도 할 수가 없었다.

그래도 부모의 만행이 여기서 그쳤다면 대리권의 박탈만은 어떻게 막을 수 있었을지도 모른다. 그만큼 대리권에 관한 문제에서는 엄청나게 빡빡하니까.

하지만 가장 큰 문제는 바로 그들이 산 빌딩이었다.

"정작 원고인 강원홍 씨가 벌어 온 돈은 피고 측이 자신들의 명의로 빌딩을 구입한 것으로 드러났는데요? 할 말 있습니까?"

"추후 돌려줄 생각으로……."

"그게 말이 됩니까? 30억짜리 빌딩입니다. 시간이 지나면 더 오르겠죠. 그러면 상속세만 50%는 될 텐데 뭐 하러 그런 짓을 합니까? 그냥 강원홍 씨의 명의로 사면 되는 거 아닌가요?"

"아니, 그건 흥청망청 쓸까 봐……."

"그렇게 말할 상황이 아닌 것 같은데요. 최근에 피고 측의 씀씀이가 얼마나 늘었는지 아십니까?"

"그건 개인 정보입니다만?"

"개인 정보이기 이전에 원고의 미래의 손실을 막기 위한 정보입니다."

노형진의 말에 판사는 고개를 끄덕거렸다.

경험이 많은 판사 입장에서는 지금 벌어지는 상황을 모를 리가 없기 때문이다.

'젠장. 미치겠네.'

부모 측의 변호사는 입술이 바짝바짝 말랐다.

만일 이 상황대로 굴러가면 자신의 의뢰인들은 완전히 망할 수밖에 없다.

문제는 노형진이 그동안 쌓아 둔 정보가 생각보다 많다는 거다.

애초에 노형진은 부모의 자금에 접근하는 권한과 계약 권한을 무효화하기 위해 모든 함정을 준비해 왔기에 아무리 노력해도 강원홍의 부모는 대리 권한을 유지할 수가 없었다.

누가 봐도 자식을 팔아먹어 자기 배에 기름을 채우고 있었으니까.

"더군다나 당사자의 동의 없이 이루어진 계약으로 인해 원고는 프로게이머로서 심각한 슬럼프가 찾아왔기에 현 소속사인 나이트시티에 손해배상까지 당한 상황입니다."

"그건 저희 의뢰인의 잘못이 아닙니다. 아시겠지만 그 계약을 한 사람은 강원홍 선수입니다."

"아니죠. 말은 똑바로 해야지요. 고소인인 강원홍 선수는 어떻게 해서든 계약을 거부하려고 했습니다만 강제한 사람은 피고 두 분입니다."

"하지만 성적의 문제는 개인의 문제입니다."

"전혀 아니죠. 이건 정서적 학대의 영역입니다."

"정서적 학대요?"

"그렇게 생각하지 않으십니까? 법에서는 명백하게 신체적인 학대뿐만 아니라 정서적인 학대도 아동 학대로 인정하고 있는데요."

그 말에 상대방 변호사는 말문이 콱 막혔다.

"하기 싫은 일을 돈을 벌기 위해 강제로 시키고, 그 대가를 착취하고, 그 일로 인해 발생하는 손실은 노동한 미성년자가 감당한다. 이게 아동에 대한 학대가 아니라면 뭐가 학대입니까?"

"하지만 원고는 어려서부터 프로게이머가 꿈이었습니다!"

"물론 그랬죠. 하지만 그건 어디까지나 직업을 선택한 거죠. 그걸 핑계로 강제 노동에 동원하는 것은 비정상적인 상황 아닌가요?"

노형진은 절묘하게 강제 노동과 아동 학대를 엮어서 상대방 변호사를 공격했다.

그리고 그 변호사는 그 말을 반격할 수가 없었다. 실제로 그랬으니까.

노형진의 말대로 이건 아무리 포장해도 아동 학대로밖에 볼 수 없는 상황이다.

더군다나 계약을 통해 돈을 받은 이상 명백한 노동, 그것도 강제 노동이 맞다.

"그런데 강제 노동으로 발생하는 손해까지 자녀분에게 떠넘기려고요? 언제부터 대한민국 아동의 노동 인권이 저기 북한 수준으로 떨어진 건지 모르겠네요. 심지어 북한에서도 부모가 자식을 아끼고 사랑한다는데 말이죠. 저는 피고 두 분이 원고의 부모가 맞는지도 의심이 될 지경입니다."

최소한 북한은 부모도, 자식도 모두 고통받는다. 하지만 이곳에서 고통받는 건 오로지 한 명, 아이뿐이었다.

"하지만……."

부모 쪽 변호사는 어떻게든 변명하려고 했지만 나올 말은 없었다.

"재판장님, 다음 기일을 지정해 주시면……."

그가 선택할 수 있는 최선의 카드는 재판을 미루는 것뿐이었다.

⚖

"저쪽 변호사는 완전히 털렸네."

기일을 미루기는 했지만 결국 이길 수는 없었다.

다른 건 몰라도 강원홍의 돈으로 자신들의 건물을 산 건 감출 수 없는 비밀이었고, 노형진이 착취라고 표현한 말을 법원이 그대로 인정했기 때문이다.

"결국 대리 권한이 박탈되었으니까."

"맞아. 그리고 여기서부터 이제 양쪽 다 머리 아파지는 거지."

"어? 그런가?"

"일단 가장 큰 문제는, 나이트시티는 절대로 손해배상 소송에서 못 이긴다는 거야."

"그거야 당연한 거 아니야?"

서세영은 그 말에 고개를 갸웃했다.

사실 나이트시티가 소송에서 불리하다는 건 이미 알고 있었다.

시합에서의 성적 부진을 이유로 손해배상을 해야 한다면 세상에 프로 리그라는 건 존재하지 못하게 될 테니까.

누군가는 1등이 되지만 나머지는 질 수밖에 없는 게 프로 리그다.

그런데 거기서 졌다고 손해배상을 해야 한다니.

말이 프로지, 사실상 목숨을 건 데스 매치밖에 더 되겠는가?

"물론 당연한 거긴 한데 아동 착취 문제가 엮였으니까."

"설마 그걸 노리고 처음부터 아동 착취 이야기를 꺼낸 거야?"

"맞아."

아동 착취로 엮어 버리면 아무리 나이트시티라고 해도 소송을 유지할 수가 없다.

사회적으로 지탄받을 텐데 〈워든〉 게임조직위원회에서 그걸 그냥 두고 보겠는가?

아마 그 일이 터지면 당연히 해당 팀의 출전 자격을 박탈해 버릴 거다.

폭행이야 선수들 개인 간의 문제지만 아동 착취는 팀 자체의 문제니까.

"헐, 그러면 이대로 끝?"

"아니, 끝은 아니야."

노형진은 어깨를 으쓱하며 말했다.

"아마 나이트시티는 강원홍에게 건 소송을 취하하겠지. 하지만 손실은 메꿔야 하잖아? 그러면 어떻게 하겠어?"

"어? 그러겠네."

손실이 무려 40억이다. 그걸 포기할 리가 없다.

그리고 현재 상황에서 문제가 된 건 다름 아닌 강원홍의 부모님. 아동 착취 문제가 터진 이상 나이트시티는 아마 100% 손해배상 청구를 해 올 거다.

"원래 SSC는 변호사들이 빵빵하기로 유명하니까."

매년 회사 아래에서 수십 명이 죽어 나가도 눈도 깜짝하지 않고 유가족에게 역으로 소송을 걸어 대는 걸로 유명한 SSC다. 당연히 그들의 변호사들은 아주 똑똑하고 경험도 많다.

"그러니까 아주 똑똑하게 행동하겠지, 후후후."

물론 그들은 노형진이 자신들의 행동을 예상한다는 걸 알지 못하겠지만 말이다.

⚖

노형진의 예상대로 나이트시티는 강원홍의 부모님에게 손

해배상 소송을 걸었다.

사유는 간단했다.

아동 학대적인 불법 계약을 통해 자신들에게 40억이라는 손실을 떠넘겼으니 그 손해를 배상하라는 것.

"아니, 이게 말이 되냐고!"

"원홍아, 아니야. 엄마랑 아빠는 어디까지나 너를 위해 그런 거야. 원홍아! 원홍아!"

강원홍은 자신의 숙소 밖에서 소리를 지르는 부모님을 보면서 긴 한숨을 쉬었다.

"노 변호사님, 이렇게까지 해야 해요?"

"해야 해. 그러지 않으면 또 네 돈을 노릴 거다."

"저는 그래도 상관없는데도요?"

"물론 지금으로서는 상관없겠지."

사실 자식이 부모를 챙기는 걸 뭐라고 할 수는 없다.

"문제는 말이야, 그게 아예 상습화되면 자식의 미래를 망치기 시작한다는 거야. 연예인들이 결혼하지 못하고 혼자 사는 경우 많이 봤지? 왜 그러겠어?"

노형진의 말에 강원홍이 멈칫했다.

"그거야……."

"그리고 가장 큰 문제는, 만일 네가 여기서 물러나면 40억을 부모님이랑 같이 갚아야 한다는 거야."

"끄응."

사후 승인이라도 해 주는 날에는 그 손실도 감당해야 한다.

"내가 왜 너희 부모님 재산에 압류를 걸었는데? 최소한 우리에게 우선권이 있으면 나이트시티에서는 손을 못 대거든."

"그러면요?"

"웃기지만 말이야, 지금 상황에서는 부모님을 용서하지 않는 게 바로 부모님을 살리는 거야."

그 말에 강원홍은 묘한 표정이 되었다.

하긴, 고작 열여섯 살짜리 어린아이가 복잡한 법률적인 과정을 이해하기는 힘들 테니까.

"중요한 건 그거야. 네가 부모님을 돕고 싶다면 당분간은 이대로 놔둬야 한다는 거."

"하지만……."

노형진의 말에 다시 한번 입을 열어 반박하려던 강원홍이었지만 결국 포기했다.

이해도 못 하는 상황에 자꾸 걸고 넘어져 봐야 될 것도 안 될 테니까.

실제로 노형진이 아니었다면 자신은 나이트시티에서 여전히 두들겨 맞으면서 선수 생활을 하고 있었을 거다.

어쩌면 그곳에서 받은 충격으로 인해 미래에는 선수 생활을 포기했을지도 모른다.

"그러니까 날 믿어."

"그런데 이걸 어떻게 해결해?"

그런 노형진을 보고 있던 서세영은 고개를 갸웃하며 물었다.

"우리가 원홍이 법적인 대리를 할 수는 있지만 그렇다고 해서 부모님을 대리할 수는 없잖아."

서세영의 입장에서는 이 상황이 이해가 가지 않았다.

그럴 수밖에 없다. 대리하지 못한다면 그들을 지키는 것도 불가능하니까.

"물론 저쪽에서 사과하고 고개를 숙이고 오면 당연히 할 수야 있겠지만 그러진 않을 것 같은데."

"맞아. 안 그러겠지."

지금 진심으로 반성하는지 아니면 눈앞의 상황만 벗어나려고 하는 건지는 알 수 없지만, 확실한 건 현재 상황에서 강원홍의 부모님은 노형진과 새론을 철천지원수로 생각하고 있을 거라는 거다.

그들 입장에서는 갑자기 튀어나온 새론 때문에 망한 것처럼 느껴질 테니까.

"그러면 이걸 어떻게 해결해?"

"모든 사건이 당사자 간의 문제인 것은 아니야."

"응? 그게 무슨 소리야?"

"법은 말이야, 결국 책임의 문제지."

노형진은 담담하게 말했다.

"아동 학대, 착취, 이 모든 걸 부모가 할 수도 있지. 그런데 여기서 문제. 그걸 청부한 놈은 누굴까?"

"청부?"

"그래, 청부. 원래 강원홍은 저거너트 소속이잖아."

"그렇지."

"그런데 그런 그에게 접근해서 자기 팀으로 오라고 요구한 게 누굴까?"

노형진의 말에 서세영의 눈동자가 흔들렸다.

"잠깐, 그거야…… 그러네. 원홍이 부모님이 아무 의견 교환 없이 콕 집어 나이트시티에 가야겠다고 생각하지는 않았을 테니까."

나이트시티에서 실력 좋은, 그리고 미래가 확실한 선수를 잡고 싶은 마음에 먼저 접촉했을 거다.

그리고 분명히 강원홍의 부모님에게서 강원홍이 이적을 꺼린다는 이야기를 들었을 거다.

"그러니까 분명히 어떻게 해서든 설득해서 데리고 오라고 했을 거야."

말이 설득이지, 현실적으로는 법정대리인이라는 점을 이용해서 그냥 동의 없이 이적 서류에 사인하라는 소리였고 실제로 그렇게 이적이 이루어졌다.

"그리고 이제 와서 너희가 이적에 동의해서 일이 이 지경이 되었다고 손해배상 청구를 하고 있지."

"어, 그렇게 되면?"

"맞아. 책임의 소재가 애매해지지."

저들은 지금 이 모든 사태의 원흉이 강원홍의 부모님이라고 주장하고 있다. 그리고 그걸 손해배상하라고 주장하고 있고 말이다.

"하지만 그들이 공모한 거라면? 아니, 나이트시티에서 청부한 거라면?"

"그러면 어떻게 되는데요?"

노형진의 설명을 가만히 듣던 강원홍이 문득 뭔가 느꼈는지 불쑥 끼어들었다.

그런 강원홍의 얼굴에는 그 나이답지 않은 수심이 어려 있었다.

노형진은 그런 강원홍을 다정하게 바라보며 말했다.

"그러면 손해배상의 책임이 사라지게 된단다."

"어째서요?"

"어, 그러니까⋯⋯."

강원홍의 질문에 서세영은 머리를 긁적거렸다.

이건 법적으로 과정이 복잡해서 쉽게 설명해 주기가 어려웠기 때문이다.

다행히 그걸 알아챈 노형진이 중간에 끼어들어서 조금 쉽게 설명해 줬다.

"법에서는 나쁜 짓을 한 사람들에게 이용당한 사람을 처벌하지 않거든."

정확하게는 그에 따른 책임을 감경해 준다.

속아서 범죄를 저지른 사람에게 손해배상을 청구하는 건 상식적으로 말이 안 되니까.

예를 들어 누군가 가만있는 사람을 끊임없이 도발하고 놀리고 모욕해서 한 대 맞았다고 치자.

그럼 그는 폭행으로 상대방을 고소할 수 있게 된다.

문제는, 그러면 법적으로 모욕당하거나 놀림당한 사람이 억울해진다는 거다.

상대방이 애초에 한 대 맞아서 돈을 뜯어낼 목적으로 범죄를 유발한 것이니까.

실제로 그런 사건들이 제법 많고, 그런 경우는 형사적으로 때린 사람의 책임을 완전히 깎아 버린다.

"이 경우가 딱 그래."

처음부터 강원홍의 부모님이 적극적으로 이적하겠다고 찾아간 게 아니라 나이트시티가 그걸 요구하면서 상대방을 속였다면 그 책임은 나이트시티에 있다.

"여기서 문제가 생기지."

손해배상이라는 것은 상대방의 불법행위로 인해 발생한 손실에 대해 배상해 주는 법률적인 행위.

"하지만 이 경우 네가 계약한 시점에서 이게 합법이 된단 말이지."

두 사람의 법적인 대리권이 사라진 건 사실이지만 그렇다고 해서 그 이전에 했던 법률적 대리 행위까지 효력을 잃어

버린 건 아니다.

엄밀하게 말하면 이건 취소의 영역이지 무효의 영역이 아니니까.

취소는 그 시점을 기준으로 효과가 사라지는 거고, 무효는 원래부터 아무런 효과가 없는 걸 의미하니 이 두 가지는 상당히 다른 의미를 가진다.

"즉, 계약이 성립된 시점에서 이미 법적으로 너희 부모님은 할 일을 다 했다는 거지."

그리고 그 후에 이루어진 착취 행위에 관해서는 나이트시티의 책임이라는 것.

"으으…… 모르겠어요."

하지만 여전히 강원홍은 모르겠는 눈치였다.

"뭐, 그건 몰라도 돼."

노형진은 씩 웃었다.

"이제는 우리가 해결할 테니까, 후후후."

⚖

노형진은 바로 나이트시티를 아동 학대 혐의로 고소했다.

물론 이는 어떻게 보면 쇼였다.

하지만 이 쇼가 가지는 효과는 대단했다.

그럴 수밖에 없는 게, 일단 그들의 거짓말이 세상에 드러나는 효과가 있었기 때문이다.

"주원우 씨, 나이트시티가 아동 학대 혐의로 고소당했는데 어떻게 생각하십니까?"

"미성년자를 강제로 데리고 오라고 하셨다는데 그걸 부정할 방법이 있으신가요?"

"법정대리인의 동의가 있다고 하더라도 미성년자를 강제로 착취하는 것은 불법 아닙니까?"

"……."

사방에서 몰려든 기자들.

그들을 피해서 건물 안으로 들어온 주원우는 자신의 방에 도착하자마자 넥타이를 거칠게 풀어헤치고는 숨을 몰아쉬었다. 그러지 않으면 당장이라도 미칠 것 같았다.

"이런 씨팔. 일이 어떻게 되어 가는 거야? 야! 소 팀장 들어오라고 해!"

잠시 후 들어온 소 팀장.

이번 사건을 담당하는 법무 팀 팀장은 얌전히 고개를 숙였다.

"부르셨습니까?"

"이 새끼야, 이거 이길 수 있다며? 저쪽에서 아동 학대로 엮인 이상 빼박이라며!"

"그랬는데……."

아동 학대가 실제로 법원에서 인정되었고 그 때문에 친부모의 대리권까지 박탈된 상황.

그런 상황에서 그 계약의 주체인 강원홍의 부모가 벗어날 방법은 없다고 생각했다.

그런데 정작 강원홍이 자신들에게 소송을 걸면서 상황이 묘하게 꼬이기 시작했다.

"이제 어떻게 되는 거야?"

"현재 가장 큰 문제는 경찰입니다."

"경찰? 어째서?"

"민사소송은 오래 걸립니다. 하지만 강원홍이 우리를 고소한 상황에서 경찰의 형사소송은 오래 걸리지 않습니다. 그리고 경찰이 우리에게 과실이 있거나 공범이라고 판단한 경우 우리의 손해배상 청구권은 인정되지 않습니다."

"뭐? 어째서?"

"우리가 저지른 일이니까요."

자신 스스로 저지른 일과 관련하여 남에게 손해배상을 청구한다는 것은 말도 안 된다.

결과적으로 그런 경우, 나이트시티는 40억을 날리게 되는 셈이다.

"뭐? 그러면 어쩌자는 거야? 야! 이 새끼야! 그 돈이 어떤 돈인지 알아?"

미래에 돈이 된다고 생각해서 SSC에 빌다시피 해서 받아낸 돈이다.

그런데 그 돈은 날리고, 선수는 죄다 감옥에 가 있고, 연전연패에, 아동 학대 공범이 된다면 당연히 자신들의 미래는 끝장이라고 봐도 무방하다.

"그게……."

팀장도 생각지도 못한 상황이 머리가 아파 왔다.

"일단은 방법을 찾아보겠습니다."

하지만 그라고 해서 뾰족한 방법이 있는 건 아니었다.

"아동 학대 혐의로 고소하기는 했는데 통과가 될까?"

서세영은 그게 걱정되었다.

"아마 말이 많을 거야. 합법과 불법의 교묘한 상황이니까."

노형진은 씩 하고 웃었다. 서세영이 뭘 걱정하는지 알고 있기 때문이다.

"결국 강제적인 계약이기는 하지만 회사에서 한 건 합법이라는 걸 걱정하는 거잖아."

"그렇지. 범죄는 모든 결과의 총합이 아니잖아. 그런데 이 경우는 뭐라고 해야 하나? 학대의 목적성이 없잖아."

계약도 그 당시에는 합법이었으니 당연히 나이트시티가 잘못한 건 없다.

비록 강원홍의 부모에게 접근해서 데리고 오라고 설득하기는 했지만 말이다.

하지만 전력의 강화를 원하는 나이트시티 같은 팀 입장에서 그걸 불법행위로 볼 수는 없다.

그렇다 보니 나이트시티는 팀 내부에서 폭행 및 학대가 벌어진 건 사실이나 그건 어디까지나 선수들과 감독 개인의 입장에서 행해진 일이라며, 자신들은 그저 내부에 문제가 있었던 걸 몰랐을 뿐이라고 발뺌하고 있었다.

"걱정하지 마. 그와 관련된 증거는 이미 강원홍의 부모님들이 가지고 있을 테니까."

"응? 어째서?"

"현재 상황에서 패배하면 강원홍의 부모님은 무려 40억을 물어 줘야 해. 그러고 싶지는 않을 거 아니야?"

그리고 노형진이 나이트시티를 아동 학대 혐의로 고소하기는 했지만 현실적으로 강원홍의 부모에게 사전 청취를 하지 않을 수는 없다.

"부모님 측 변호사가 진짜 병신이 아닌 이상에야 당연히 어떻게 해서든 죄를 나이트시티에 떠넘기겠지."

"하긴, 그건 그러네."

이 상황에서 그 정도 판단도 못 할 변호사는 없을 테니까.

결과적으로 나이트시티는 불리한 포지션이 될 수밖에 없다.

"더군다나 폭행 사건 자체는 부정할 수 없거든. 그러니까 어떤 방식을 쓸지는 뻔하고."

"어떤 방식?"

서세영이 눈을 동그랗게 뜨며 노형진을 쳐다봤다.

"너, SSC에서 매년 얼마나 많은 사람이 죽는지 알아?"

"갑자기 무슨 소리야?"

"SSC는 거의 매달 한 명씩 죽는 회사야. 그런데 단 한 번도 제대로 된 조사나 처벌을 받지 않았지."

위험한 건설 업체나 제조 업체도 아닌, 빵을 만들어서 유통하는 제빵 업체인 SSC는 알려지지 않았을 뿐 악명 높은 곳으로 유명하다.

"오죽하면 밑바닥 아래 밑바닥이라는 소리까지 있을까."

오전에 사람이 기계에 깔려 죽는 사고가 나도 그 기계를 청소하고 당일 오후부터 바로 다시 사용한다는 소문부터 사람이 다치면 치료도 안 하고 쫓아낸다는 소문까지, 상상도 못 할 소문의 온상지인 곳이 바로 한국을 대표하는 악덕 기업 중 하나인 SSC다.

"애초에 나이트시티도 그래서 만든 거고."

워낙 이미지가 안 좋으니까 이미지 개선 작업을 위해 만든 것이다.

하지만 모회사가 그 지랄인데 팀이라고 멀쩡할 리가 없다는 게 문제다.

"그런데?"

"지금까지 수십 년간 그 짓거리를 하면서 단 한 번도 공장이 멈춘 적이 없는 곳이 SSC야. 한 달에 한 명 또는 두 명씩 주기적으로 사망자 또는 심각한 부상자가 발생하는데 말이야. 과연 그게 가능한 일일까?"

"어…… 불가능하지 않나?"

"맞아. 보통은 불가능하지."

그러면 어떻게 단 한 번도 처벌받지 않고 공장을 굴릴 수 있을까?

답은 쉽게 나왔다.

"설마 뇌물?"

"정답. 한국에서는 뇌물만 주면 사건을 덮는 건 일도 아니거든. 필요하면 살인도 덮을 수 있는데 뭘. 더군다나 현재 나이트시티는 팀의 존속이 달려 있는 상황이니까."

실제로 나이트시티의 아동 학대가 인정되면 〈워든〉 게임 조직위원회에서 그들의 출전을 용납할 리가 없다.

팀이 있으면 뭐 하나, 출전을 못 하는데.

결과적으로 팀의 존속이 위험한 상황에서 그들은 가장 익숙한 방식을 선택할 수밖에 없다.

"그러니까 로비를 하든가 아니면 다른 방식으로 사건을 덮으려고 할 거야."

"경찰에 로비를 할까?"

"그러겠지."

"그럼 우리는 그걸 노리는 거야?"

"아니. 그러기는 어려워. 애석하게도 우리가 로비를 언제 어디서 하는지 알 수 있는 건 아니니까."

정확하게는, 노형진은 알 수 있다.

사이코메트리 능력으로 그들이 언제 만나는지 특정할 수 있으니까.

하지만 그런 경우, 다른 사람들이 나중에 그 정보를 이용할 수가 없다.

"그러니까 이 경우는 다른 쪽을 이용해야지."

"다른 쪽?"

"여론을 이용하는 거야."

"무리 아니야? 내가 아는 대한민국 언론이라면 정의를 위해 진실을 말하기보다는 그걸로 '돈 내놔.'를 시전할 텐데."

서세영은 영 꺼림칙한 얼굴로 말했다.

실제로 기업이 관련된 사건이 있으면 한국의 언론은 그걸 이용해서 돈을 뜯어먹을 생각만 한다.

"오빠가 말한 대로 SSC가 그렇게 지독한 곳이라면 그동안 언론에도 돈을 먹였을 것 같은데?"

"그랬겠지."

그러지 않고서야 그토록 사고가 자주 나는 블랙 기업의 실태가 지금까지 알려지지 않는다는 것은 불가능하니까.

"그래서 내가 말했잖아, 언론이 아니라 '여론'이라고."

"여론? 인터넷에 올리려고? 그게 가능할까? 물론 오빠가 여론전에 능한 건 알지만……."

언론과 경찰이 이미 돈을 받고 사건을 무마하고 있다는 전
제하에 앞으로의 일에 대해 이야기하는 상황에서 과연 노형
진의 전략이 얼마나 효과가 있을지, 서세영은 걱정스러웠다.

"물론 한국 인터넷이라면 그렇겠지."

"한국 인터넷?"

"너, 〈워든〉 조직위의 명칭이 뭔지 알아?"

"〈워든〉 게임조직위원회 아니야?"

"정확하게는 〈워든〉 코리아 프로 리그 조직 위원회지."

"그게 뭐가 달라?"

"다르지. '코리아'가 붙잖아."

그 말에 서세영은 고개를 갸웃거렸다.

그 단어에 무슨 의미가 있는지 이해가 되지 않았으니까.

"이참에 돈 좋아하는 SSC를 위해 돈 좀 아껴 주자고, 후후후."

⚖

〈워든〉은 전 세계적으로 인기가 있는 게임이다. 그래서
각 나라별로 프로 리그가 따로 있을 정도다.

한국 역시 그런 나라들 중 한 곳이지만 주력인 나라는 다
름 아닌 미국이다.

왜냐하면 애초에 〈워든〉이라는 게임이 개발된 곳도, 막대
한 돈을 투자해서 성공한 곳도 미국이니까.

그런 미국이라는 나라의 특징은 아동을 대상으로 한 범죄에 대해 극도의 혐오감을 가진다는 것이다.

단순히 혐오를 넘어서, 같은 범죄자들끼리도 아동 범죄자를 죽이고 싶어 한다.

실제로 아동 성범죄자가 감옥에 가면 교도소 직원들의 최우선 업무는 그를 처벌하는 게 아니라 그를 보호하는 것이 되어 버린다.

왜냐하면 교도소 내부에서도 아동 성범죄자는 죽여도 되는 대상으로 인식되기 때문이다.

실제로 아동 성범죄자가 교도소에서 살해당하는 경우는 적지 않다.

그러니 미국에서 미성년자 착취 및 아동 학대는 심각한 문제일 수밖에 없다.

그리고 〈워든〉은 더더욱 그렇다.

"이게 뭔 소리야? 한국의 프로 팀이 이딴 짓을 했다고?"

부하가 제출한 보고서를 읽던 〈워든〉의 대표가 손을 부들부들 떨며 버럭 소리를 질렀다.

그도 그럴 것이, 〈워든〉 코리아는 꽤 중요한 지점이기 때문이다.

한국은 〈워든〉에서 누구도 무시할 수 없는 어마어마한 실력을 갖춘 국가이다.

그랬기에 나이트시티의 이야기는 미국의 〈워든〉 플레이어들 사이에서 빠르게 퍼져 나갔다.

그리고 미국의 여러 인터넷 커뮤니티에도 그 소문이 퍼지자, 자연스럽게 〈워든〉 조직위원회에도 이야기가 들어갈 수밖에 없었다.

"네, 회장님. 조사 결과에 따라 다르겠지만 우리 기준으로는 명백하게 아동 학대가 맞습니다."

"'우리 기준으로는'이라니?"

"한국은 처벌이 무척이나 약합니다. 특히 아동 학대에 관해서는 상당히 관대한 편입니다."

"우리도 프로 리그에 미성년자 선수가 없는 거 아니잖아?"

〈워든〉을 개발한 케이브의 대표는 심각한 얼굴로 부하에게 물어봤다.

한국에서 발생한 이 일은 즉흥적으로 처리할 수 있는 일이 아니었다.

물론 여론이 들끓고 있지만 인터넷 여론의 방향성이 틀린 경우가 한두 번이 아니니까.

"물론 그렇습니다만 이번 경우는 선수의 동의 없이 강제로 계약한 게 공식적으로 인정된 데다가, 그 책임을 물어서 부모가 대리권이 박탈당한 상황입니다."

"그게 끝?"

"아뇨. 조사 중이기는 하지만 나이트시티에서 부모에게 무리한 요구를 한 흔적이 곳곳에서 발견되었습니다."

"무리한 요구?"

"네, 별도로 2억이라는 돈을 부모에게 줬더군요."

소 취하를 해 주는 조건으로 준 돈이지만 부당한 보상을 제공한 건 확실하다.

상황의 심각성을 알아차린 〈워든〉의 대표는 일을 심각하게 받아들일 수밖에 없었다.

"인터넷 여론은 어때?"

"심각합니다. 아시겠지만 미성년자 문제니까요."

"그렇겠지."

미국에서는 미성년자에 관해 잘못 건드리면 진짜 인생 종치는 상황이다.

부모가 자식을 착취한다? 그건 미국에서는 절대로 용납할 수 없는 일이었다.

물론 그런 일이 워낙 많기는 하다.

유명 연예인들이 아역 배우 시절에 엄청난 돈을 벌었는데 나중에 보니 땡전 한 푼 없었다는 이야기는 딱히 쇼킹한 가십도 아닌 수준이니까.

하지만 그런 경우는 대개 성인이 된 후에 알아차린 것이다 보니 알아서 소송하든 해서 해결될 문제였지만, 한국 사건의 경우는 아예 자신을 지킬 힘이 없는 상황이 아닌가?

"음, 이건 방법이 없군."

"네, 이걸 이대로 두고 보면 〈워든〉에도 심각한 이미지 타격이 예상됩니다. 더군다나 한 번이 어렵지 두 번은 쉽다는 말이 나올 가능성도 무시 못 합니다."

실제로 〈워든〉의 프로 리그 선수층의 나이는 점점 어려지고 있다.

왜냐하면 〈워든〉이 인기를 끌면서 점점 더 어린 나이대부터 접하고 있기 때문이다.

케이브 입장에서는 반가운 일이다. 어린 나이에 게임을 접하면 그만큼 오래 하니까.

문제는, 만일 여기서 삐끗하면 진짜 나락으로 떨어진다는 거다.

프로 선수들의 나이가 점점 어려지는 판국에 아동 착취 문제를 해결하지 않는다? 그러면 분명히 나중에 심각한 문제가 될 거다.

"이참에 규정을 고쳐 놔야 할 것 같습니다. 실제로 내부 조사를 한 결과, 관련 아동 학대로 이용되는 규정들이 여기저기 발견되고 있습니다."

"뭐? 그게 무슨 소리야?"

"중국에서는 아이들을 학교에도 보내지 않고 감금시킨 채 게임 플레이만 시키다가 발각되었답니다. 정식 선수는 아니고, 부모가 자식을 프로게이머를 시키고 싶어 했다는군요."

"미친 새끼들."

물론 프로 리그가 중요하기는 하지만 그건 어디까지나 프로로 데뷔한 선수들 기준이다.

게임은 진짜 재능의 영역이고, 연습만으로 재능이 계발되지는 않는다.

"아무래도 특단의 대책을 세워야 할 것 같습니다."

"끄응, 그렇다고 미성년자의 진입을 아예 막을 수도 없고."

피지컬도 피지컬이지만 어린 나이에 프로 선수가 되는 건 많은 유저들이 꿈꾸는 영역이니까.

"그렇잖아도 그에 관해 마이스터에서 연락이 왔습니다."

"마이스터에서?"

마이스터는 〈워든〉에 투자한 미국 회사 중에서도 손에 꼽히는 회사다. 그런 곳에서 온 연락은 무시할 수가 없다.

물론 이제 와서 마이스터가 손을 뗀다고 해서 〈워든〉이 망하지는 않겠지만, 최소한 〈워든〉 내부에 핵폭탄을 떨어트릴 능력은 된다.

원래대로라면 〈워든〉은 중국의 투자를 받아서 성장했겠지만 노형진이 먼저 투자하고 중국의 투자에 관해 철저하게 반대해 왔기 때문에 현재 〈워든〉의 첫 번째 투자자는 다름 아닌 마이스터였다.

"뭐라는데? 설마 이거 가지고 문제 삼는 건 아니지?"

대표는 문득 목이 서늘해지는 느낌이 들었다.

마이스터는 사회적으로 문제를 일으키는 대상의 목을 가차 없이 날려 버리는 것으로 유명하니까.

"그건 아니고, 대부분의 경우 미성년자 선수의 문제는 돈에 관한 거니까 계약서에 조건을 붙이라고 하더군요."

"조건?"

"네. 미성년자 선수의 경우에는 수익의 60% 이상을 제3 금융 관리 조직에 맡기는 조건으로 활동하게 하라고 하더군요. 나이는 20세까지 말입니다."

"제3 조직?"

"뭐, 그건 나라마다 다르니까요."

"그건 그렇지만 좋은 생각이기는 하군."

아동 학대가 발생하는 가장 큰 이유는 자식이 벌어 오는 돈을 부모가 흥청망청 쓰고 싶어 하기 때문이다.

그러니 그들이 돈에 함부로 손대지 못하게 한다면 이런 일이 벌어질 가능성은 확연히 낮아질 것이다.

"그에 대해 법무 팀 의견을 제시하고……. 그리고 나이트 시티라……."

결국 이 문제에 있어서 가장 골치가 아픈 대상은 다름 아닌 나이트시티다.

생각에 골몰하던 대표는 머리가 아픈지 인상을 살짝 찌푸리며 부하에게 물었다.

"퇴출시켜야겠지?"

"답이 없습니다."

"그래야겠어."

이런 문제로 〈워든〉의 이름에 똥칠이 되는 건 누구도 원하지 않았다.

"네? 하지만 아직 수사 결과가……. 네? 아, 네네. 알겠습니다."

조충경은 본사의 전화를 받으며 진땀을 흘렸다. 그러고는 자신의 의자에 기대서 긴 한숨을 내쉬었다.

"왜 그러십니까?"

"나이트시티 퇴출 결정이 내려졌다."

"네? 하지만 아직 조사 중인데요?"

"알잖아? 어차피 그 새끼들, 뇌물 뿌려서 사건을 덮을 거야."

"그거야 그렇습니다만."

"그걸 뻔히 아는데도 당하면 우리가 병신인 거지."

비웃음 가득한 얼굴로 말하는 조충경.

"그러니까 다른 조건을 붙여서 퇴출시켜. 아니다, 지난번의 폭행 사건, 그걸로 퇴출시켜."

"하지만 그걸로 퇴출까지는 좀……."

"3년간 출전 자격을 정지시키면 되겠지."

바보가 아닌 이상에야 돈도 못 벌고 심지어 시합도 못 하는 팀을 3년간 유지하는 회사는 없을 거다.

팀을 유지하기 위해서는 선수며 코치진이며, 들어가는 돈이 결코 적지 않으니까.

"알겠습니다. 그렇게 하겠습니다."

"차라리 잘된 거야."

조충경은 고개를 절레절레 흔들며 말했다.

"어차피 그 자리에 소속 팀 들여보내고 싶어 하는 회사들 많지?"

"네. 자리가 없어서 못 들어오는 것뿐이죠."

한국 리그에 배치된 프로 팀은 총 열여섯 개 팀.

그런데 〈워든〉이 워낙 인기가 많다 보니 자리가 모자라 들어오지 못하는 기업이 많았다.

"그러니까, 그 자리에 다른 팀을 채워 넣고 나이트시티는 그대로 퇴출시켜 버려."

조충경의 말에 부하 직원은 고개를 끄덕거렸다.

그가 보기에도 그게 올바른 선택이었다.

그렇게 나이트시티의 미래는 결정이 나 버렸다.

⚖️

나이트시티의 퇴출.

이는 시장에 엄청난 충격으로 다가왔다.

그간 〈워든〉에서 팀이 퇴출된 적은 단 한 번도 없었으니까.

하지만 많은 사람들이 이에 동의하고 나섰다.

—나이트시티면 그러고도 남지.
—폭행 사건 아직도 해결 안 되었다면서?
—야, 승부 조작 맞는 거 아니야?

온갖 험한 말이 나오는 상황에서 SSC 입장에서도 나이트시티는 계륵이 되어 버렸다.

"이거 어떻게 해야 합니까?"

"그러게나 말입니다. 이거 완전히 골칫덩어리인데."

"아니, 답은 나왔잖습니까?"

그렇다. 답은 이미 나와 있다.

리그에서 퇴출된 상황이다. 이 상황에서 팀을 유지할 이유는 없다.

물론 공식적으로는 팀의 3년간 출전 정지라지만, 이게 퇴출을 뜻한다는 걸 모르는 사람은 없었다.

이미 나이트시티의 빈자리를 대신하기 위해 조직위에서 다른 팀에 프로 팀 창설 의사가 있느냐고 물어보는 상황이니까.

3년 후에 나이트시티가 돌아온다면 분명 혼란이 생길 테니 결과적으로 3년 후에도 나이트시티를 받아 주지 않겠다는 소리다.

"팀 해체 문제야 어쩔 수 없죠. 문제는 처벌입니다, 처벌."

솔직히 그간 돈이 되었던 것도 아니고, 워낙 기업부터가 막장이다 보니 이미지 개선 차원에서 벌인 일이라 나이트시티가 없어져도 딱히 손해는 없다.

이미 기업의 이미지 개선을 위해 쓰기에는 나이트시티의 이미지도 너무 개판이었기 때문이다.

문제는 현재 조사 중인 상황이다.

아동 학대 및 착취의 이미지가 생기고 있는 상황에서 이 사건을 덮기 위해서는 못해도 수십억의 돈이 더 들어가게 생겼다.

"그냥 버리도록 하죠."

"버려요?"

"이제 와서 덮어 봤자 뭐 할 건데요? 안 그렇습니까?"

돈 들여서 사건을 덮어 봐야 이미 팀은 박살이 났다.

물론 제소를 통해 무효화 소송을 할 수야 있겠지만 그 소송이 길어질수록 자신들의 부도덕함만 세상에 알려질 뿐이다.

"나이트시티는 버리도록 하죠."

그건 그들의 범죄를 덮기 위한 로비도 하지 않겠다는 뜻이었기에 다들 고개를 끄덕거렸다.

⚖️

언제나 돈이 우선.

그게 SSC의 기본적인 마인드고 그들은 실제로 그렇게 행동해 왔다.

그러니 어떻게 보면 나이트시티가 버려지는 건 당연한 일이었다.

자연히 나이트시티는 사건과 관련하여 더 이상 뇌물의 도움을 받지 못했다.

〈워든〉 리그에서도 퇴출당하고 회사에서도 팀을 해체한 상황에서 담당자인 주원우를 보호할 이유는 없으니까.

─오늘 전 나이트시티의 단장인 주원우 씨가 전격 구속되었습니다. 주원우 씨는 성적을 올릴 목적으로 감독에게 폭행을 지시하고…….

보호할 대상이 힘을 잃어버렸다는 사실을 알면 아랫사람들은 그를 배신하기 마련이다.

그동안은 자신을 보호해 줄 거라는 기대로 입을 다물고 있던 전 감독들과 선수들은 자기들이 살기 위해 진실을 이야기하기 시작했다.

그리고 자연스럽게 모든 문제는 해결되었다.

"팀도 사라졌고 너도 이제 FA구나."

강원홍은 자연스럽게 자유계약 선수로 풀려났다.

물론 나이트시티와 SSC 입장에서야 억울하겠지만, 어쩌겠는가?

이제 팀 자체를 운영할 수가 없는데 말이다.

물론 계약을 물고 늘어지면서 팀을 해체하지 않고 비싸게 팔아먹는 방법도 있기는 했다.

하지만 현 상황도 아동 학대 사건에서 초래된 것인 만큼 그것도 결국 아동 학대의 일부일 뿐이었기에, 추가적인 아동 학대 문제에서 벗어나기 위해 그들이 선택할 수 있는 건 하나뿐이었다.

"그러면 이제 저는 뭘 어떻게 해야 하나요?"

"네가 원하는 팀으로 가면 되지. 물론 당장은 안 되겠지만."

리그가 진행 중이고 이미 선수 풀은 꽉 찬 상황. 그를 받아 줄 만한 팀은 없다.

"가장 좋은 건 해외 진출을 하는 거지."

"미국요?"

"그것도 나쁘지 않고."

중요한 건 뭘 하든 강원홍의 의견이 우선이라는 거다.

"네가 프로게이머를 그만두고 싶다면 그것도 가능하지."

"저는……."

그러나 강원홍은 고개를 흔들었다.

"프로게이머는 계속할래요."

"그러려무나."

자신이 원한다면 뭐든 할 수 있다. 그게 젊음의 특권이 아니던가?

"그러면 부모님은……."

"만나서 적당히 이야기를 마무리 지어야지."

강원홍을 마치 자기들의 도구처럼 취급하던 부모님은 결국 잘못을 뉘우치고 반성하고 있다.

집이 압류당했다는 사실에 충격받기는 했지만 최소한 자기 잘못이 뭔지는 아는 사람들이었다.

"감사합니다, 노 변호사님."

"별말을."

노형진은 미소를 지었다.

미래는 그렇게 조금씩 밝아져 가는 거니까.

극단적 행동들

오광훈은 다시 살아난 뒤로 검사로서 살아가고 있다.

그 와중에 세상 사는 건 다 비슷하다는 생각을 종종 하곤 했다.

지금 같은 경우에는 더더욱 그랬다.

검사나 조폭이나, 남의 똥 치우는 건 마찬가지였으니까.

"미결 사건을 왜 나한테 떠넘기냐?"

"선배님한테만 떠넘긴 게 아니에요. 병신 같은 새끼가 병신 짓을 해서 그런 거죠."

"야, 이 싯파. 그런 새끼를 걸러야 할 거 아니야."

"검찰의 그런 기능이 박살 난 게 어디 하루 이틀 문제입니까?"

한데 모여 투덜거리는 사람들.

그들은 다름 아닌 새론과 손잡은 스타 검사들이었다.

하나의 세력이 된 스타 검사는 절대 무시할 집단이 아니었다.

물론 내부에서는 검사가 외부와 손잡은 것 자체를 불만스러워하고 있었지만, 사실 사회 전반적으로 보면 대놓고 손을 잡느냐 몰래 잡느냐의 차이가 있을 뿐 죄다 손잡은 상황이라 섣불리 공격할 수도 없었다.

물론 새론이 만만했다면 그걸 핑계 삼아 날려 버릴 수도 있었을 것이다.

하지만 새론은 만만하기는커녕 잘못 건드렸다가는 마이스터와의 일전도 각오해야 하는 곳이었기에 결국 스타 검사들을 또 다른 세력 집단으로 인정하고 견제하는 게 다른 부패한 집단에서 할 수 있는 최선이었다.

"이거 우리 엿 먹이려고 이러는 건가?"

"그건 아닐 거예요. 사건이 사건인지라 지금 다른 검사들에게도 골고루 배당된 모양이더라고요."

홍보석은 질렸다는 듯 소주잔을 꺾으며 말했다.

"아니, 도대체가 부장급 검사라는 새끼가, 미쳐도 단단히 미친 거지."

"그게 아니라 그런 새끼가 부장급이 된 것 자체가 문제라고. 미친! 돈 받고 사건을 덮는다는 게 말이 돼?"

지금 이 난리가 난 이유는 간단했다.

부장급 최고위 검사가 돈을 받고 사건을 덮었다.

누구나 다 한 번쯤은 하는 짓이라지만 문제는 이 부장급 인사가 아주 오래전부터 그 짓을 해 왔다는 거다.

부장검사 이전에 평검사 시절부터 돈을 받아 가면서 사건을 덮었고, 실적이 안 될 만한 사건은 가차 없이 버렸다.

그러다가 기자에게 걸린 것이다.

당연히 다급하게 덮으려고 했지만, 아무리 언론이 검찰과 같이 권력을 탐하는 족속이라고는 하나 선을 넘어도 너무 넘어간 상황이었기에 기자는 사건을 기사화했다.

그리고 국민들은 난리가 났다. 이런 짓거리가 최소 10년 이상 자행되어 왔으니까.

용케 지금까지 걸리지 않았지만 일단 걸린 이상 검찰에서는 감출 수가 없어서 그를 기소했다.

그런데 뚜껑을 열어 보니 문제는 기소가 아니었다.

"한두 개가 아닌데."

"증거가 멀쩡한 사건도 거의 없고."

돈을 받고 덮은 사건이 한둘이 아니었다.

정확하게는 어떤 사건에서 증거가 누락된 건지조차 알 수가 없는 상황이었다.

그렇다 보니 검찰에서는 그가 했던 모든 사건을 거의 전면 재조사해야 하는 상황이 되어 버렸다. 그래서 결국 검사들이 총동원된 것이다.

"그나마 오 선배님에게는 굵직한 사건만 갔죠. 저는 온갖 잡다한 사건이 다 몰려왔어요."

오광훈의 후배 검사 한 명은 긴 한숨을 내쉬며 소주를 입에 털어 넣고 삼겹살로 소주의 쓴맛을 닦아 냈다.

"어쩌겠냐. 짬에서 밀려서 그렇지."

"다른 건 다 대충 구분되는데 미결 사건은 아주 환장하겠다니까요."

"미결 사건?"

"네."

"하긴, 그런 사건이 골치 아프기는 하지."

경찰에서 미결 사건을 분류해 두듯 검찰도 당연히 미결 사건을 분류해 보관해 둔다.

정확히 말하자면, 미결 사건을 3개월, 6개월, 12개월과 같이 구분해 두고 시기가 바뀔 때마다 부장검사에게 보관해야 한다.

그런데 부장검사가 저지른 똥, 즉 그가 부장검사였던 시절에 담당했던 미결 사건은 위에 보고할 책임이 없다.

자기가 담당이니까.

그래서 문제의 부장검사의 수많은 사건들이 버려진 것이다.

그 사건들을 모두 조사해야 하는 후임 입장에서는 그야말로 미치고 팔짝 뛸 일이었다.

"그나마 다른 사건은 대충 정리라도 되어 가는데 살인 사건 하나는 답이 안 보여요."

"살인 사건?"

"네. 미결로 넘어간 지 5년쯤 되었는데 이게 범인이 누군지 답이 안 나와요. 하긴, 그러니까 미결로 넘어간 거겠지만."

다시 한번 소주잔을 기울이면서 한탄하는 후임의 말에 오광훈은 문득 궁금증이 일었다.

"어떤 사건인데?"

"단순 살인요."

"뭐, 그런 거 있잖아요. 흔적도 없고 증거도 없고."

옆에서 함께 술을 마시고 있던 또 다른 후임이 사정을 아는지 말을 거들었다.

실제로 그런 사건들은 생각보다 많다.

경찰이 사건을 제대로 조사해서 해결하면 줄어들겠지만 애석하게도 그러지 못하는 경우가 무척이나 많기 때문이다.

해결을 위해서는 일단 충분한 인원을 투입해야 하는데 피해자가 힘이 없거나 사회적으로 그다지 집중받지 못하면 해결보다는 대충 미결 사건으로 넘겨 버린다.

어차피 미결로 넘겨도 추가적으로 인사고과에 마이너스를 받지 않으니까 그냥 버리는 거다.

"어떤 동네인데?"

"부천시 상불동요."

"상불동?"

그 말에 오광훈은 고개를 갸웃했다.

"왜 그러세요?"

"아니야. 그런데 상불동 살인 사건? 그게 왜 미결로 넘어간 거야?"

살인 사건이 미결로 넘어갈 수야 있다.

하지만 만일 증거가 있는데 미결로 넘긴 거라면 후배가 이렇게 고민할 리가 없다. 그냥 재수사하면 되니까.

그렇다면 지금 상황은 진짜로 증거가 아무것도 없다는 소리였다.

"모르죠. 그런데 살펴보니까 그냥 버린 사건은 아닌 것 같아요."

"그러면 진짜로 방법이 없어서 넘겼다고?"

"네. 그리고 피해자가 피해자인지라……."

"누군데?"

"그 당시에 부천 광천파 두목 화우민요."

오광훈은 그 말에 눈을 찡그렸다. 그가 아는 사람이었던 것이다.

물론 검사로서 아는 건 아니다. 정확하게는 회귀 전 그가 조폭이었던 시절에 알던 사이였다.

오광훈의 기억에 의하면 당시 화우민은 인천에 있던 모 조직의 행동대장이었다.

'그 녀석이 어느 틈엔가 두목이 되었다 이건가?'

격세지감 같은 걸 느끼는 건 아니다. 아무래도 그런 일이야 흔하게 벌어지니까.

애초에 화우민이 속해 있던 조직은 딱히 큰 곳도 아니었으니, 중간에 뛰쳐나와서 새로운 조직을 만들어 두목 노릇을 하게 된 건 이상한 일도 아니었다.

"조직 간 항쟁 같은 거 아니야?"

홍보석도 그 말에 살짝 호기심을 보였다.

실제로 조직 간의 항쟁으로 인한 살인 사건은 곳곳에서 벌어진다.

하지만 자주 벌어지는 건 아니다.

왜냐하면 항쟁 때문에 누군가가 죽으면 그때는 진짜로 두 조직의 총력전으로 번지기 때문이다.

"그건 아니고, 나이를 생각하면 처분 같기는 한데……."

"광천파 내부에서 저지른 짓이다?"

"네, 광천파가 아직 있거든요."

"흠."

그러면 확실히 처분, 즉 아래에서 위를 뒤집어 버렸다고 볼 수 있다.

만일 항쟁이 원인이었다면 곧바로 다른 조직과의 항쟁이 벌어질 수밖에 없었을 테니까.

"하긴, 부천이라면 뭐 그렇게 항쟁하기도 애매하지."

"네? 선배, 좀 아는 거 있으세요?"

"넌 부천 모르냐?"

"모르는데요."

"부천이랑 인천이 전국에서 폭력 조직이 가장 많은 동네일걸."

물론 대부분은 고만고만해서 폭력 조직보다는 동네 양아치에 가깝지만, 그래도 전국에서 부산과 더불어서 가장 많은 폭력 조직이 있는 지역이 바로 부천과 인천이다.

"뭐, 미결로 넘길 만하기는 한데……."

죽은 화우민에게는 미안하지만 검사로서 그가 죽은 건 호재이지 악재가 아니다.

그래 봤자 조직폭력배 하나가 죽은 거니까.

"그런가요?"

"그래. 질 안 좋은 검사라면 그러고도 남지. 물론 그걸 계속 수사해야 하는 네 입장에선 미칠 것 같겠지만."

"끄응."

오광훈은 그렇게 말하며 웃었다.

그러나 상황은 그렇게 쉽게 마무리되지 않았다. 도리어 이상하게 흘러가기 시작했다.

⚖️

"뭐? 누가 죽어?"

며칠 뒤, 사무실에서 일하던 오광훈은 문을 벌컥 열고 들어온 홍보석이 전한 급보에 고개를 번쩍 들었다.

"원성이가 죽었대요!"

"아니, 미친. 무슨 말도 안 되는 소리야? 얼마 전에 같이 삼겹살에 소주 한잔했잖아? 그런데 원성이가 갑자기 왜 죽어?"

"저도 지금 연락받았어요."

홍보석의 말에 오광훈은 자리에서 벌떡 일어났다.

그리고 서둘러 옷걸이에 걸린 재킷을 챙기는 모습에 입구 근처에 앉아 있던 직원이 당황하며 그를 쳐다보았다.

"어어? 검사님, 오늘 오후에 출석해야 하는 재판이 있는데요?"

"기일 변경 요청해!"

"네?"

"검사가 살해당했어. 보복일 수도 있어."

"네? 아, 네!"

갑작스러운 말에 깜짝 놀랐던 직원은 이어지는 오광훈의 말을 듣고 바로 전화를 들었다.

아무리 재판부가 검사 편이라고 해도 당일 기일 변경하는 것은 좋아하지 않는다.

하지만 검사가 살해당한 건 남의 일이 아니다.

과거에 성화의 생존자들이 무차별적인 법조계 살인 사건을 벌인 후로 법조계에서는 이런 일을 무척이나 예민하게 받아들이고 있기 때문이다.

"가자."

"어딜요?"

"어디긴! 현장에 가야지."

오광훈은 홍보석을 데리고 바로 사건 현장, 즉 부천으로 향했다.

비록 관할이 다르다지만 스타 검사들을 이끌고 있는 입장에서 가만있을 수는 없었다.

그리고 현장에 도착했을 때, 그곳에는 경찰뿐만 아니라 수많은 사람들이 모여 있었다.

두 사람은 한창 수사 중인 수사관에게로 다가갔다.

"누구십니까?"

"서울 중앙검찰청의 오광훈 부부장검사입니다. 지금 무슨 일이 벌어진 겁니까?"

"음…… 잠시만요."

수사관은 심각한 얼굴로 신분증을 꼼꼼히 살피고 검찰청에 전화해서 재차 신분을 확인하고서야 오광훈과 홍보석을 다른 곳으로 데리고 갔다.

"원성이는요?"

"이미 국과수에서 와서 수사 중입니다. 현재는 죄송하지만 접근할 수 없습니다."

"아니, 왜요? 도대체 왜 죽은 겁니까? 어떤 미친놈이 습격이라도 한 겁니까? 아니면 사고예요?"

그 말에 수사관이 눈을 찡그렸다.

"음, 전혀 모르고 오신 모양이군요."

"뭘요? 홍 검사, 뭐 아는 거 있어?"

"아니요. 저도 연락받자마자 달려온 거라서요."

"도대체 무슨 일입니까?"

그 말에 수사관은 긴 한숨을 내쉬더니 주위를 한번 살피고는 목소리를 낮춰서 말했다.

마치 이 사건이 외부로 나가면 진짜로 난리가 난다는 것처럼.

"사고가 아닙니다. 살해당한 겁니다."

"어떤 놈이 칼로 찌른 겁니까?"

"그런 거라면 이 정도는 아니었을 겁니다."

"그러면요?"

"총에 맞았습니다."

그 말에 오광훈의 얼굴이 굳어졌다.

총기 살해라면 절대로 무시할 수 없는 일이니까.

대한민국은 총기를 소지하지 못하는 나라다. 당연히 총기 사고가 나서는 안 된다.

하물며 과거에 만민구원파라는 놈들이 무장하고 국가 전복 시도를 한 적이 있기에 그 이후로 한국에서는 총기라면 눈이 돌아간다.

그런데 조직폭력배 중에는 총기를 가지고 있는 놈들이 많다.

특히 인천이나 부천에 있던 놈들은 더더욱 그럴 가능성이 높다.

항구로 들어오는 배에 총기 한두 정 숨기는 건 일도 아니기 때문이다.

　하지만 총기가 엮이면 단순히 경찰이 아니라 군대까지 동원해서라도 발본색원하기에, 자기가 진짜 죽을 상황이 아니라면 절대로 총기를 꺼내지 않는다.

　"어떤 조직입니까?"

　그랬기에 오광훈은 어떤 미친 폭력 조직이 선을 넘어도 단단히 넘었다고 생각하며 이를 빠드득 갈았다.

　하지만 돌아온 수사관의 말에 오광훈도, 홍보석도 눈동자가 흔들렸다.

　"그런 단순한 문제가 아닙니다."

　"아니라고요? 지금 검사가 죽었는데 그게 무슨 말입니까?"

　"돌아가신 분의 죽음이 비통하지 않아서 그렇게 말한 게 아닙니다. 그분이 맞으신 총, 그 총이 문제입니다."

　"그게 왜요?"

　"총기가 발견되었는데……."

　"그러면 지문이든 뭐든 조사하면 되는 거 아닙니까?"

　"그게…… M40입니다."

　"뭐라고요?"

　"M40이라고요."

　"지금 살해 흉기가 저격용 라이플이라는 겁니까?"

　"네."

　"미친!"

M40 저격용 라이플은 미군이 사용할 정도로 좋은 물건이다.

미필인 오광훈도 게임 등을 하면서 한 번은 들어 본 적이 있을 정도로 말이다.

"그러니까 지금 저격용 라이플로 검사를 살해했다는 건가요?"

"네, 그래서 지금 쉬쉬하면서도 난리가 난 겁니다."

한국에서는 총기라고 해 봤자 기껏해야 권총 정도다. 그 외의 다른 총기들은 구하는 게 절대 쉽지 않다.

당장 과거에 만민구원파에서 쓰던 물건들도 흔하게 구할 수 있는 AK 계열의 총이었지 저격용 라이플은 아니었다.

저격용 라이플은 통제도 빡세게 하는 편이고, 그걸 사용하는 건 또 전혀 다른 문제다.

그럴 수밖에 없는 게 저격용 라이플의 사거리는 모델마다 다르지만 M40의 경우는 사거리가 900미터에 달하기 때문이다.

그 정도 거리면 사실상 경호라는 게 의미가 없어지는 수준이다. 그걸 막기 위해서는 대통령처럼 움직일 때마다 저격 포인트에 사람을 세워서 감시하는 수밖에 없다.

문제는 그게 불가능하다는 거다.

"거기다가 총기가 발견된 위치가 사망 위치에서 거의 600미터 떨어진 곳입니다."

"600미터?"

"네."

그 정도면 일반인은 절대로 못 쏜다.

게임에서처럼 십자선에 대상을 넣고 쏜다? 그건 게임이니까 가능한 거지, 원래는 풍속과 총알의 탄도 역시 감안하고 쏴야 하는 게 저격이다.

"그런 일이 왜……."

상원성은 딱히 직급이 높은 것도 아니고 엄청난 비밀을 숨기고 있는 사람도 아니었다. 그저 로스쿨 출신으로 평범하게 최근에 임용된 검사일 뿐이었다.

그런데 그런 그를 죽이기 위해 저격용 라이플과 전문가를 동원했다는 것은 이해가 되지 않았다.

"일단 중요한 건, 두 분이 어디서 오셨든 간에 사건에 끼어들 상황이 아니라는 겁니다."

"으음……."

동료 검사로서 어느 정도 배려는 해 주겠지만 그렇다고 해서 무작정 사건에 끼어들게 할 수는 없다는 단호한 말.

하긴, 지금쯤 보고가 윗선까지 올라갔을 테고 윗선에서는 이 사건에 관해 심각한 회의가 계속되고 있을 테니까.

"빌어먹을."

그 말에 오광훈은 이를 악물 수밖에 없었다.

⚖

"M40 라이플? 아니, 그게 말이야, 방구야?"

오광훈에게서 사건에 대해 전해 들은 노형진은 기가 막혔다.

미국이면 그래도 이해라도 간다. 미국은 사냥용으로 저격용 라이플을 판매하니까.

하지만 여기는 한국이 아닌가?

저격용 라이플은커녕 권총 하나 구하는 것도 힘든 곳이 바로 한국이다.

"그러니까 나도 미치겠다고. 범인이 어떤 놈인지도 모르겠고, 원성이를 왜 죽였는지도 모르겠고."

"환장하겠네."

이건 새론에서도 무시할 수 없는 일이다.

왜냐하면 사망자가 스타 검사 멤버이기 때문이다.

최악의 경우 스타 검사를 대상으로 하는 테러일 가능성 역시 무시할 수 없다.

물론 반대 파벌에서 설마 라이플로 죽이겠다고 덤볐을 것 같지는 않지만.

"그 후에 나온 거 없어?"

"전혀. 조사 팀에서 싹 다 털었는데……."

혹시 모를 상황을 대비해서 최근 접촉한 사람들에 대한 대대적인 조사를 진행했지만 결국 누구도 문제가 없다는 것만 확인되었을 뿐이다.

"애초에 내부 인사가 노린 거라면 라이플 같은 건 안 쓰지 않았겠냐?"

담당이 스타 검사라 해도 내부에는 사건을 덮을 만한 수많은 방법이 있다.

오광훈 정도 되면 압력이 효과가 없겠지만 상원성은 아무것도 없는 신임 검사일 뿐이었다.

"위에서 조사한다면서 우리는 관련자라고 접근도 못 하게 한다. 씨팔."

"진정해. 우리도 가만있을 생각은 없으니까."

스타 검사의 힘은 그들이 억울한 일을 당했을 때 새론과 마이스터에서 그들을 지원해 주는 데서 나온다.

만일 그러지 않는다면 그들은 다시 자신을 지키기 위해 입을 다물게 될 것이다.

그런 이유 때문에라도 노형진은 절대로 이 사건을 그냥 넘어갈 수 없었다.

"하지만 우리는 접근도 못 한다고."

"물론 우리는 접근도 못 하지. 하지만 따로 조사하면 되잖아."

"그게 가능하겠어?"

"가능해. 사실 저격 상황에서 나오는 증거는 거의 없거든."

노형진의 말에 당황한 오광훈이 황급히 물었다.

"뭐? 그게 무슨 소리야?"

"윗선에서는 아무것도 못 건졌을 거라는 거야."

"총을 이미 찾았다잖아!"

"그래. 그러니까 아무것도 못 찾는다는 소리라고."

오광훈은 노형진의 말을 도무지 이해할 수가 없었다.

가장 강력한 증거가 이미 윗선에 들어간 상황 아닌가?

그런데 아무것도 없다니.

하지만 노형진은 이미 이런 사건의 경험이 있었다.

정확하게는 한국이 아니라 미국에서. 회귀 전에 말이다.

원하면 저격용 라이플을 살 수 있는 미국의 특성상 아주 은밀하게 이런 유의 살인 사건이 종종 벌어진다. 그랬기에 총기를 두고 가는 행위에 내포된 의미를 알고 있었다.

"범인이 총기를 두고 갔다는 건 그가 아무런 흔적도 남기지 않았다는 증거야."

"아무것도?"

"그래, 아무것도."

유전자건 지문이건, 단 하나도 남기지 않았다는 자신이 있기 때문에 총기를 두고 가는 거다.

"그 말은 총기 자체의 번호 역시 사라졌을 거라는 뜻이지."

모든 총기에는 제작 당시에 고유한 일련번호가 새겨진다. 그래서 그걸 추적해서 그 총을 구입한 사람이나 유통 경로를 추적한다.

하지만 이런 식으로 큰 사건에서 사용되는 총기들은 일련번호가 사라진 상태이기 때문에 추적 자체가 불가능하다.

"그 말은 범인이 전문적인 킬러라는 소리고."

"경찰도 그 소리는 하더라. 전문적인 킬러라고."

"그래. 그러니까 이런 거에 대해 잘 아는 사람에게 물어봐야지."

"잘 아는 사람? 누구?"

"남상진이라고 있어."

한국에서 가장 유명한 브로커인 남상진.

그놈이라면 아주 모르지는 않을 거라 생각하며 노형진은 핸드폰을 들었다.

"한번 물고 늘어져 보자고."

"몇 년 만에 전화해서는 쓸데없는 질문을 하는군."

얼마 뒤, 자신의 집 안으로 들어온 노형진을 본 남상진이 눈을 찡그리며 말했다.

그러자 노형진이 어깨를 으쓱했다.

"우리가 서로 안부를 물으면서 전화할 사이는 아니잖아?"

"……그건 그렇지."

남상진은 떨떠름한 눈으로 시선을 돌리며 중얼거렸다.

노형진은 한강이 넓게 펼쳐진 화려한 창밖 풍경을 바라보며 감탄했다.

"집 좋네. 그나저나 의외네. 집에서 보자고 하다니. 나랑 개인적으로 알고 지내는 사이도 아닌데."

만나자고 전화했더니 자택으로 찾아오라는 얘기를 듣고 노형진은 살짝 놀랐다.

시작이 좋은 관계도 아니었을뿐더러 서로의 개인적인 영역에 대해 관심을 가진 적도 없으니 집을 알려 줄 거라고는 상상도 못 했으니까.

"네놈이 은밀한 이야기를 해야 한다며?"

"다른 곳도 있잖아."

"사무실은 얼마 전에 옮겨서. 여기는 조만간 옮길 거고. 애초에 월세라 옮길 생각이었다."

그러니까 여기는 조만간 빼 버릴 생각이라 그냥 편하게 만나러 오라고 했다는 거다.

"돈이 썩어나지, 아주."

"너만 할까."

"그나저나 이사를 어디로 가려고?"

"시골을 좀 알아볼까 생각 중이다."

"시골? 네가?"

다른 사람도 아닌 남상진이 시골로 내려간다는 말에 노형진은 믿을 수가 없었다.

남상진은 누가 봐도 차도남에, 실제로 집 안도 현대적인 문물로 가득 차 있다. 그런데 웬 시골행?

의아해하는 것도 잠시, 바로 뒤이어 나온 말에 노형진은 어이를 상실하고 말았다.

"이제 슬슬 은퇴할까 하고."

"뭐? 네가?"

노형진은 남상진을 보고 눈을 찡그렸다.

돈 욕심이 하늘을 찌르는 남상진이 은퇴를 입에 담다니?

더군다나 그의 나이가 많은 것도 아니지 않은가?

"왜, 놀랍나?"

"넌 돈만 벌 수 있다면 핵이라도 팔아먹을 놈인 줄 알았는데."

"뭐, 그렇기는 해. 하지만 요즘은 세상이 너무 평화롭단 말이야."

그는 어깨를 으쓱하며 말했다.

"너무 평화로우니까 무기 거래도 그다지 많지 않고. 이럴 때 쓸데없이 큰 건에 손대면 역으로 털리거든."

"네가 그런 것도 걱정해?"

"브로커라는 게 커피 한 잔 마시면서 대화하는 고상한 직업은 아니잖아."

그 말에 노형진은 피식하고 웃음이 나왔다.

확실히 머리 좋은 놈이기는 하다, 치고 빠질 때를 아는.

"후회할 텐데."

"이제 와서 날 위협하는 건가?"

"아니, 진심으로 하는 말이야. 평화? 원래 평화는 진짜 평화롭다고 생각할 때 틀어지는 법이거든."

"그래?"

그 말에 남상진의 눈에 미묘한 빛이 흘렀다.

그는 노형진이 어떤 사람인지 안다. 그리고 정보력이 어느 수준인지도 안다.

"좋은 정보군. 고마워. 은퇴는 미뤄야겠어. 그런 의미에서 이번 정보는 무료로 넘겨주지."

"웬일이야?"

"이 바닥에서는 공짜를 바라면 대머리 되는 것으로는 안 끝나거든. 머리카락 대신에 머리가 날아가지."

남상진은 그렇게 말하면서 손끝으로 권총 모양을 만들어서 머리에 대고는 작게 입으로 빵 소리를 냈다. 그리고 물었다.

"그래서, 원하는 게 뭔데?"

"저격용 라이플로 검사가 죽었어."

"그건 나도 들었다."

"기밀일 텐데?"

"기밀 팔아먹는 놈이 한둘인 줄 알아?"

그 말이 틀린 말은 아니었기에 노형진은 고개를 끄덕거렸다.

"그러면 그 총이 뭔지도 알겠네? M40이라던데."

"아니야. M24 A2 모델이야."

"뭐?"

이건 또 예상하지 못한 대답이었기에 노형진은 깜짝 놀랐다.

"하지만 현장에서는……."

"그래, 현장에서 M40 A3 모델이라는 이야기가 나왔다는 소리는 들었어. 원래 M40 A3는 모르는 사람의 눈에는 M24 A2 모델과 거의 비슷하게 느껴지지. 기본적으로 레밍턴 M700에서 파생된 모델이니까. 자세하게 보면 바로 알지만."

그 말에 노형진은 눈을 찡그렸다.

하긴, 현장에서 M40이라고 말한 사람은 총기 전문가가 아닌 현장 경찰일 텐데, 그도 그 말을 전해 들었을 테니 잘못 전달되었을 가능성도 무시는 못 한다.

"중요한 건 그거지. M24 A2는 M40 A3와는 차원이 달라. 그 모델의 최대 사거리는 1.5km거든."

"그런 게 한국에서 마음대로 유통이 돼?"

"될 리가 없지. 그랬다가는 대한민국 정치인들의 90%는 이미 대가리가 날아갔을 테니까."

시큰둥하게 말하면서 글라스에 위스키를 담아 건네는 남상진.

그러나 노형진은 손을 내저었다.

"난 술 별로 안 좋아해."

"아, 그랬지."

남상진은 위스키를 그대로 자신의 입으로 가져가 털어 넣었다.

"솔직히 말해서 M24 A2는 시중에서 쉽게 구할 수 있는 총이 아니야. 애초에 한국군도 안 쓰는 물건이고."

한국군은 K-14라는 자체 제작한 저격용 라이플을 쓰기 때문에 한국에서 구하고 싶다고 해서 구할 수 있는 게 아니다.

"거기다가 중국이나 북한은 드라구노프 계열의 저격총을 운용하니까."

느긋하게 위스키를 마시면서 남상진이 말했다.

"아마도 일본에서 왔겠지."

"일본?"

"그래. 일본은 우리처럼 서방제 무기를 쓰잖아. 당연히 유통 라인이 있지."

"일본도 한국처럼 총기 규제 국가일 텐데?"

노형진의 말에 남상진은 어깨를 으쓱했다.

"그렇다고 해서 브로커가 없다는 소리는 아니지. 그리고 한국 해경들 말이야, 일본에서 온다고 하면 확인을 무척이나 대충 하거든."

"끄응."

하긴, 이해는 한다.

벌써 몇 번째 그 문제에 대해 이야기가 나왔지만 한국의 해경과 경찰은 자기들이 귀찮으니까 일본에서 들어오는 물건을 정말 대충 검사하고 있었다.

"단순히 그것뿐? 정보료치고는 너무 싼데."

"물론 그럴 리가 없지. 나도 염치가 있는 사람이라고."

"그러면?"

"네가 말한 대로 일본에서 브로커는 거의 손에 꼽을 정도야. 애초에 딱히 돈이 되는 곳도 아니잖아."

일본의 무기를 해외에 가져다 팔자니 현실적으로 성능에 비해 가격이 워낙 비싸기 때문에 사 가는 나라가 없다.

그렇다고 해외에서 무기를 사들이자니 일본에는 군대가 없다.

자위대가 있지만, 자위대는 기본적으로 자국 내 무기 우선주의라서 해외 브로커가 끼어들 요소가 없다.

물론 일본에서도 일부는 해외에서 무기를 수입한다. 전투기라든가 일부 특수 목적 총기들 말이다.

하지만 그건 워낙 큰 건이라 어중이떠중이 브로커들이 끼어들 요소가 없다.

"나처럼 대한민국 군대라는 확실한 소비처가 없거든."

"그래서?"

"보통은 야쿠자들을 대상으로 슬슬 소일거리를 하면서 잔돈이나 버는 거지."

그렇게 말하며 남상진은 어깨를 으쓱했다. 그러더니 수첩에 뭔가를 적어서 노형진에게 건넸다.

"이쪽으로 알아봐."

"하루토?"

"실명은 나도 못 알려 줘. 그냥 하루토라고만 알아 둬."

"이게 끝이라고?"

"총만 취급하는 게 끝이 아니라는 걸 알고 있을 텐데?"

"끄응, 그건 그렇지."

총? 사실 이 사건에서 핵심은 총이 아니다.

총이야 어떻게든 구할 수 있다. 하지만 그 저격용 라이플을 다룰 수 있는 사람은 거의 없다.

저격은 수백 수천 시간의 훈련과 연습이 필요한 영역이다.

더군다나 총알이 날아온 곳과 현장의 거리는 무려 600미터, 절대로 연습 없이는 목표물을 맞힐 수 없는 거리다.

훈련소에서 최대 250미터이고, 그걸 맞혀 본 사람들 입장에서는 600미터가 얼마나 먼지 알 수 있다.

더군다나 총격이 벌어진 장소는 완전히 개방된 공간이 아니라 빌딩 숲이었다.

빌딩 숲에서는 빌딩의 위치와 각도에 따라 빌딩 사이에서 먼로 바람이 발생하기 때문에 훈련받은 사람이 아니면 절대로 표적을 맞히지 못한다.

"사람을 구할 수 있는 건 하루토 그놈 정도니까 그쪽으로 파 보면 알 수 있을 거야."

"고맙군."

"다만 조언하자면, 하루토가 쉽게 만나 주지는 않을 거야. 정보도 안 주려고 할 테고."

"당연한 거 아니야? 신뢰가 있다면 그러겠지."

"신뢰의 문제가 아니야. 한국에서 그 정도 사람을 고용할 위치에 있는 놈이라면 얼마나 힘이 있겠어?"

그 말에 노형진은 눈을 찡그렸다. 그럴 수밖에 없으니까.

사실 중국계 조직원 하나 사서 그냥 근거리에서 무차별적으로 쏴 버린 후에 중국으로 튀게 만드는 게 의뢰인 입장에서는 안전하다.

그런데 그게 아니라 저격까지 해 가면서 확실하게 죽이려 했다. 의뢰인이 얼마나 위험한 존재인지 알 수 있는 대목인 셈이다.

"흠, 도와줄 수 있나?"

"내가? 왜? 난 이 정도면 돈값은 한 것 같은데."

그 말에 노형진은 고개를 끄덕거렸다.

이 정도면 확실히 돈값은 한 셈이다.

하지만 노형진은 이참에 남상진을 더더욱 벗겨 먹고 싶었다.

그리고 미래를 준비하기 위해서는 어찌 되었건 남상진의 도움이 필요하기도 했다.

"원한다면 더 자세한 정보를 제공할 수 있을 텐데. 그리고 말했잖아, 은밀하게 할 이야기가 있다고. 검사 살인 사건은 은밀하게 이야기할 정도의 일은 아니지. 사실 큰 게 있어. 도와준다면 그걸 공유해 주지."

"큰 거?"

그 말에 남상진은 호기심이 동하는 모양이었다. 노형진이 큰 건이라고 할 정도라면 분명 엄청난 규모일 테니까.

"화약고는 전 세계에 많은 법이지."

그 말에 남상진은 눈을 찡그렸다. 그러고는 고민에 빠졌다.

물론 전쟁은 돈이 된다. 하지만 큰 건에는 큰 위험이 따르는 법.

"어설픈 국지전에 손대면 손해가 큰데."

"전면전이야."

"전면전이라고?"

"그래. 한국 무기가 참…… 많지?"

"개새끼."

그 말에 남상진은 눈을 찡그렸다.

전면전이 어디에서 일어날 거라는 건지 모르겠지만 한국에서 무기를 조달해야 할 정도로 큰 전쟁이라면 그건 진짜 기회니까.

그거 하나만 제대로 잡아도 그간 번 돈의 수십 배는 벌 테고, 그러면 그의 은퇴는 더더욱 화려해질 거다.

특히나 그는 한국의 군부와 아주 끈끈한 연을 가지고 있지 않나?

한마디로, 거절하기에는 너무 감미로운 유혹이었다.

"악마 새끼 같으니라고."

"칭찬 감사."

노형진은 자리에서 일어나면서 미소를 지었다.

"그래서, 일본은 언제 갈까? 후후후."

일본으로 가기 전, 노형진은 국내에서도 최대한 정보를 캐려고 했다.

문제는 이번 사건만큼은 제아무리 고문학이라 해도 정보를 캘 수가 없다는 것이었다.

그만큼 사건이 중요하다는 소리였고, 또 그만큼 보안에 신경 쓰고 있다는 소리였다.

그래서 노형진은 김소라에게 이 사건에 대한 프로파일링을 부탁할 수밖에 없었다.

누군가가 그를 죽여서라도 입을 막고 싶어 했다면 그건 뭔지 몰라도 그야말로 치명적인 문제가 있다는 뜻이니까.

그리고 김소라의 프로파일링이 끝난 날, 분석 결과를 듣기 위해 오광훈과 함께 셋이서 만났다.

"상원성 씨가 조사한 사건들을 하나씩 살펴봤는데, 딱히 이상한 건 없어요."

"끄응……."

"하지만 이상한 사건이 또 아예 없는 건 아니고."

도무지 이해가 되지 않는 그 말에 노형진이 물었다.

"무슨 말입니까, 소라 씨? 이상한 사건이 있는 건 아닌데 아예 없는 건 아니라니요?"

"화우민 살인 사건요. 사건 기록을 보면, 화우민은 누군가에게 죽었어요. 누군가에게 폐를 찔려서 자기 피에 익사한 거죠."

"그건 저도 들었습니다. 항쟁이거나, 아니면 조직 내부의 분쟁인 것 같다고 했습니다."

오광훈도 기억을 떠올리며 고개를 끄덕거렸다.

그의 눈에도 그 두 가지 중 하나가 원인인 것으로 보이기도 했고.

"그런데 증거도 증인도 없어서 결국 죄다 무혐의로 끝났고요."

그렇게 말하는 김소라의 얼굴에는 의혹이 가득했다.

"그런데 한 가지 이상한 점이 있어요. 부천 광천파가 아직도 존재한다는 거예요."

"혐의가 없잖아요?"

"그렇죠. 하지만 그게 이상한 거예요."

"어째서요?"

"부천 광천파는 딱히 큰 조직도 아니었거든요. 애초에 승계니 뭐니 하기도 어려울 수준이죠."

현대의 재산의 명의는 상당히 정확하게 구분된다.

과거처럼 누군가가 윗선을 담근다고 해서 조직이 해당 조직원에게 홀라당 넘어가는 구조가 아니라는 거다.

"하긴, 그건 그렇죠."

오광훈도 그걸 알기에 고개를 끄덕거렸다.

회귀 전 오광훈이 살해당한 가장 큰 이유는 그가 가진 돈이 많아서가 아니었다.

아랫놈들은 마약을 취급하고 싶어 했지만 오광훈이 막았기 때문이다.

"이런 조직은 사실 말만 조직일 뿐, 현실적으로 한 명만을 위해서 굴러가는 1인 조직이에요."

재산은 기업이나 조직 명의가 아니라 보스의 명의로 되어 있고, 실제로 그가 자기 업장에서 나오는 돈으로 조직을 유지했다.

"사람들은 폭력 조직이라면 막 서로 죽고 죽이고 재산을 빼앗고 그러는 곳으로 생각하는데, 그건 아주 전근대적인 조직이든가 아니면 아주아주 양성화가 잘된 조직만 가능한 일이거든요."

전근대적인, 재산이 현금으로 감춰져 있는 그런 조직이야 살인을 통해 조직을 통째로 삼키는 게 가능하지만, 그런 곳이 아니라면 불가능하다.

"반대로 조직이 양성화가 잘되어서 주식이 사람에게 있다면 또 그것도 나름대로 삼킬 수 있기는 하지."

노형진도 안다는 듯 고개를 끄덕거렸다. 양성화가 잘된 조직은 우호 지분만 제대로 잡을 수 있으면 충분히 회사를 집어삼킬 수 있으니까.

"그런데 부천 광천파는 그 사건 이후에 몰락하고 있더라고요."

"몰락?"

"네. 아는 선배한테 물어서 확인했어요. 존재는 하지만 사실상 이름만 남은 상태예요."

화우민이 죽은 후에 누구도 그들에게 돈을 주지 않으니까.

관리하던 업체는 다른 쪽으로 넘어갔고 재산은 화우민의 가족에게로 넘어갔다.

그리고 화우민의 가족들은 계속 조폭들을 관리할 생각이 전혀 없었다.

애초에 어린애 둘과 아내가 폭력 조직을 관리하고 싶다고 해서 관리될 리도 없고 말이다.

"승계를 위한 게 아니었다 이겁니까?"

"네. 그리고 항쟁은 더더욱 아니고요."

부천 광천파는 지역의 그저 그런, 작은 폭력 조직이다. 사람을 죽여 가면서 항쟁할 만한 가치가 없다.

"이 사건은 이상해요, 확실히."

"그러니까 살인 사건 자체는 이상한 게 없는데 원인이 이상해 보인다 이거군요."

"맞아요."

안 좋은 인간이고 폭력 사범이라는 건 안다. 하지만 그게 즉 죽임을 당해 마땅한 인간이라는 뜻인가, 하면 그 차이는 무척 크다.

"그리고 이 기록을 보면 이상한 게 또 있어요."

"뭡니까?"

"상처가 많더라고요. 결과적으로 사인은 폐를 찔려서 익사한 거지만 그 이전에 심각한 폭행이 이루어졌어요."

"그게 이상한 건가요?"

"네. 이런 방식의 살인은 원한이라든가 보복 같은 경우에 많이 나오거든요. 하지만 이 사건을 그렇게 보기에는, 절묘하게 절대로 위험하지 않은 위치만 건드렸어요. 항쟁이라고 보기에도 애매한 게, 조폭들은 항쟁이나 살해를 할 때 자기 안전을 위해서 한 번에 빠르게 처리하거든요. 그런데 이런 식으로 폭행했다면 못해도 한 시간은 걸렸을 거예요. 부검 기록 자체를 본 건 아니라서 확실히는 모르겠지만 길게는 세 시간도 넘게 걸렸을 수도 있는데 이건 항쟁의 방식도, 그렇다고 개인적인 보복도 아니에요. 전문가에 의한 고문이지."

"고문이라고요?"

그 말에 노형진은 순간 멈칫했다.

오광훈 또한 그게 뭘 의미하는지 알아차리고는 다급하게 물었다.

"프로라고요?"

"네. 감정 없이 기계적으로 일을 처리한 거죠. 범인은 상대방이 어떻게 해야 고통받는지, 그리고 안 죽는지 알고 있었어요. 그리고 분명 자신의 행동에 대해 잘 알고, 또 자신있었을 거예요."

김소라는 심각한 얼굴로 말했다.

"고문은 그렇게 잔인하게 하고 정작 죽일 때는 폐를 딱 한 번 찔렀다는 것은 그 자체로도 살인이 완성될 거라는 걸 알았다는 뜻이죠. 보통 폐를 정확하게 노리는 게 쉽지 않거든요. 갈비뼈로 보호받는 부위라. 그런데 정확하게 갈비뼈 아래로 비스듬하게 올려서 찔렀어요. 이건 폐를 어떻게 찔러야 할지, 그리고 어떻게 해야 고통스럽게 죽을지를 안다는 거죠. 자기 피에 익사해서 죽는 거니까, 단순히 과다 출혈과는 비교도 못 하게 고통스럽거든요."

"미친!"

"단순 조직 분쟁이라고 생각해서 프로파일러를 부르지 않은 것 같은데, 이건 조직 간의 분쟁이 아니에요."

그런 거였다면 범인은 확실하게 살인을 마무리하기 위해 수차례 화우민을 찔렀을 거다. 고문하는 게 아니라 말이다.

"전문적인 영역의 살인이라니……."

"네, 그래서 제가 혹시 이번 사건과 연관이 있지 않을까 의심하는 거예요."

전문적인 킬러의 살인. 그리고 훈련된 저격수의 살인.

모두 누군가 고의적으로 살인을 청부했다는 증거였다.

"그러면 누가 그런 짓을……."

"그건 모르겠어요. 일이 틀어진 것 같기는 한데 정보가 부족해요."

김소라는 긴 한숨을 내쉬며 말했다.

"뭐든 가지고 오세요. 그걸 기준으로 판단할 테니까요."

"알겠습니다."

누가 보기에도 명백히 암담한 상황.

그래도 노형진은 조금이나마 범인에게 가까이 다가갔다고 위안하며 생각을 정리해 갔다.

미래는 거래의 대상

죽은 자는 말이 없다. 그건 아주 오래된 진리다.

물론 현대에 와서는 그 의미가 많이 희석된 바 있다.

과학수사 기술이 발전하면서 죽은 자에게 남겨진 흔적을 알아내는 방법이 여럿 생겼기 때문이다.

"하지만 이번에는 답이 없는 모양이야."

일본으로 향하는 비행기 안.

남상진은 느긋하게 말했다.

"뭐, 뻔하기는 하지. 그 먼 거리에서 쏜 총으로 범인을 특정하는 걸 불가능하니까. 그나저나 전세기라, 좋군. 나도 하나 살까?"

코델09바이러스로 인해 일본은 외국인의 입국을 허가하지 않고 있었지만, 그렇다고 해서 아예 모든 사람의 입국을 막을 수는 없었다. 그러면 수출로 먹고사는 일본이 망할 테니까.

그래서 업무에 관해서는 입국을 허락한 상황.

물론 비행기는 멈췄기 때문에 입국할 방법은 직접 찾아야 했다.

하루 딱 한 대 있는 비행기에 자리를 구하든가, 아니면 노형진처럼 전용기를 타고 오든가 말이다.

"뭐, 큰 건이 성공하면 너도 가능할지도 모르지."

"호오, 그거 구미가 당기는데?"

그 말에 남상진이 미소를 지었다.

어떤 정보를 쥐고 있는지는 모르겠지만 노형진이 이렇게 말할 정도라면 절대로 작은 전쟁은 아닐 테니까.

"물론 이번에 제대로 도와줄 때의 이야기야."

"기꺼이. 그래서, 하루토를 만나서 뭘 묻고 싶은데?"

"범인이 누군지 궁금한데?"

"절대로 말 안 해 줄걸."

그 말에 남상진은 코웃음을 쳤다.

"총기를 구할 곳은 많고 킬러의 실력은 좋지. 그런데 하루토의 목숨은 하나란 말이지."

"알아."

하루토라는 남자가 바보가 아니고서야 당연히 이야기해 줄 리가 없다는 것쯤은 알고 있었다.

하지만 그 생각에 크게 잘못된 부분이 있다는 것을, 노형진은 하루토를 만난 후에야 알았다.

⚖️

"안녕하세요. 하루토라고 불러 주시면 됩니다."

"하루토 씨?"

"네."

"하루토 씨라고요?"

"네."

그 말에 노형진은 슬쩍 남상진을 돌아보았다.

그럴 수밖에 없는 게, 그는 하루토가 당연히 남자인 줄 알았다. 애초에 하루토라는 이름은 한국으로 치면 철수처럼, 전형적인 남자 이름이니까.

그런데 아무리 봐도 상대방은 여자다. 30대 중후반쯤 되어 보이는 여자.

"그런 시선으로 날 보지 마. 하루토 맞으니까."

"맞다고?"

"선입견이라는 게 생각보다 쓸 만하거든요. 이런 일을 하다 보면 적을 많이 만들게 되니까요. 선입견 때문에 다들 남자라고 생각하더군요."

하루토는 천연덕스럽게 말했다. 그리고 노형진에게 느긋

하게 질문을 던졌다.

"그나저나 저한테 뭔가 물어보고 싶으신 게 있다고 들었는데요?"

"최근에 한국에서 벌어진 사건에 대해 아시는 거 있습니까?"

"글쎄요. 한국에서는 아무래도 별의별 사건이 다 벌어지니까요."

"물론 그렇죠. 하지만 최근에 저격 사건이 발생했다는 것, 모르시나요?"

그 말에 하루토는 여전히 미소를 띤 채로 말했다.

"제가 뉴스를 안 봐서요."

"뉴스를 봐도 안 나올 겁니다."

"어머, 그래요?"

그 말에 노형진은 하루토를 뚫어져라 쳐다보았다. 아무래도 딱 잡아뗄 것 같았기 때문이다.

'어쩐다.'

킬러들 사이에서 이런 비밀은 무척이나 큰 가치를 가진다.

만일 비밀을 질질 흘리고 다니는 사람이 있다면 절대로 그와 일하려고 하지 않을 것이다.

'기억을 읽을 수 있으면 좋겠는데…….'

하지만 하루토는 상당한 거리를 두고 앉아 있었고, 딱히 다가가 그녀의 기억을 읽을 만한 핑계가 되어 줄 만한 것도 없었다.

"어이, 하루토. 그러지 말고 부스러기라도 말해 주지?"

"천하의 남상진이 약한 모습을 보이다니 의외네요. 다른 고객분들이랑 무슨 일이 있나 보죠?"

다른 고객들이 이런 모습을 알면 좋아하겠느냐는 말.

그 말에 남상진은 코웃음을 쳤다.

"어설픈 협박은 하지 마. 아니면 내가 일본 정부랑 이야기 한번 할까?"

그 말에 하루토가 눈을 찡그렸다.

그런 하루토를 보면서 남상진이 피식 웃었다.

"협박은 이렇게 하는 거야, 하루토."

"짜증 나는군요. 당신이 여기까지 왔으니 만나 주기는 하지만, 솔직히 당신도 본인이 말도 안 되는 요구를 하고 있다는 건 알죠?"

"알지. 아니까 내가 직접 온 거지."

"알면서도 나를 찾아왔다니 기가 막히는군요."

"그러니까 좋게 가자고."

"아는 게 없습니다만?"

"진짜 이러기야?"

"브로커가 저만 있는 게 아닐 텐데요?"

하루토는 단호하게 선을 그었다.

아무리 같은 업계에 있다고 해도 딱히 의리가 있는 그런 사이는 아니니까.

그러자 잠시 침묵하던 남상진이 씨익 미소를 지으며 말했다.

"큰 건이 있는데."

"흥. 말로는 뭔들 못해요?"

"어이, 노 변호사. 한마디 해 줘."

그 말에 노형진은 남상진을 노려봤다.

'이 새끼가 정말.'

얼핏 노형진을 도와주는 듯 보이지만 사실 남상진은 노형진에게서 슬쩍 정보를 캐내기 위해 이야기를 빙빙 돌리고 있는 거였다.

노형진이 가진 정보의 값어치가 정확히 어느 정도인지는 모르지만 적지 않은 이익을 얻을 수 있을 게 분명하니까.

물론 노형진이 도와주면 알려 준다고 이야기했지만 그걸 또 완전히 믿는 것도 아니었다.

'브로커 아니랄까 봐.'

노형진은 긴 한숨을 내쉬며 말했다.

"근시일 내에 전면전 규모의 전쟁이 벌어질 겁니다."

"전면전이요? 그래요. 어딘가요?"

"그걸 말해 줄 수는 없죠."

"그러면 저도 대답하기는 곤란하죠. 애초에 해외에서 전쟁이 난다고 해도 저랑 딱히 관련이 있는 것도 아니고요."

그건 틀린 말은 아니다. 일본 무기는 팔아먹기에는 가격이 너무 비싸니까.

"다른 무기를 쌓아 두는 것도 나쁘지 않을 텐데요?"

"굳이요? 전면전이라면 뭐, 그 나라에서 알아서 할 일일 텐데요."

"그 나라에 현실적으로 충분한 무기가 있지는 않을 겁니다."

"그러면 전쟁도 금방 끝나겠네요."

"전쟁은 금방 끝나지 않을 겁니다……. 사실상 3차대전의 대리전이라 의외로 오래갈 겁니다."

3차대전이라는 말에 순간 남상진도, 하루토도 움찔했다.

아무리 두 사람이 무기를 팔아먹는 브로커라지만 3차대전은 인류가 멸망할지도 모르는, 급이 다른 전쟁이니까.

"무슨 말이죠?"

"총력전이라고 했습니다. 그것도 나라의 운명이 걸린."

노형진은 거기까지 말한 후 느긋하게 의자에 기대앉아서 말을 이었다.

"전쟁은 총으로만 하는 게 아니죠."

"……."

확실히 그렇다. 전쟁은 총으로만 하는 게 아니다.

어떻게 보면 전쟁에는 총보다 다른 물자가 더 많이 필요하다.

전쟁 초기에 일차적인 표적이 되는, 먹고 마시는 데 필요한 모든 인프라가 파괴될 것이다.

"먹고 마시고 모든 게 돈이죠."

병사들에게 지급하는 식량?

애초에 진짜 전면전 상황이라면 그건 최우선 대상일 뿐이다. 후방에서는 더더욱 비참한 상황이 벌어진다.

당장 2차대전 당시에 미국을 제외한 모든 나라의 사람들은 먹고 마시는 문제로 고통을 받았다.

"하지만 그런 상황이라면 돈이 없을 텐데요?"

"말했잖습니까, 대리전이라고."

그 말에 하루토의 눈동자가 흔들렸다.

3차대전의 대리전 양상이라는 말이 무슨 뜻인지 알아차린 것이다.

누군가의 막대한 지원을 받으면서 대리전을 한다는 것.

그렇다면 돈이 떨어질 일은 없다.

"이미 우리는 준비 중입니다. 원하신다면 한자리 끼워 드리죠."

"마이스터에서요?"

"저에 대해 이미 알고 나오셨으면서 왜 모른 척하십니까?"

순간 하루토의 얼굴에 아차 하는 표정이 떠올랐지만 이내 눈에서 탐욕이 흘렀다.

확실히 무기는 일본에서 팔아먹을 만한 물건이 못 된다.

하지만 무기만 팔아먹으라는 법은 없다.

일본의 장기 보관 기술은 세계 레벨이니까.

"좋아요. 그런 조건이라면 나쁘지 않군요."

"그래서 그 나라가 어딘데?"

노형진의 말을 들은 남상진이 심각한 얼굴로 물었다.

단순히 두 국가 간의 전쟁이라고 해도 팔아먹을 게 장난이 아닌데 대리전이라면 더더욱 많은 게 필요하기 때문이다.

"어디서 지원하는지는 안 물어보네?"

"뻔한 거 아냐? 전 세계에서 대리전을 지원할 만한 나라가 몇이나 되겠어? 당연히 미국이겠지."

코웃음을 치면서 말하는 남상진.

"유럽은 군축으로 군대가 병신 된 거 하루 이틀 일도 아니고, 중국은 자기들이 처먹으면 처먹었지 대리전을 할 애들이 아니니 남은 건 러시아랑 미국뿐인걸. 실제로 그래 왔고."

실제로 러시아와 미국이 전 세계에서 일종의 대리전을 하는 건 딱히 비밀도 아니니까.

"그러니까 어느 나라가 두 나라의 대리전을 하는지 궁금하네."

"틀렸어. 하나야."

"뭔 소리야?"

"러시아와 우크라이나. 두 나라 사이에 전쟁이 벌어질 거야. 러시아는 직접 뛰고, 우크라이나는 미국의 지원을 받으면서 싸울 테고."

"뭐? 러시아? 우크라이나?"

"그래."

"미친. 그러면 전쟁의 의미가 없잖아요?"

혹하던 하루토는 김이 새는 표정을 지었다.

우크라이나는 러시아에 게임이 안 되니까.

"크림반도 때는 저항도 못 했잖아요?"

"이번에는 다를 겁니다."

확실히 다르다. 전 세계에서 지원이 쏟아질 테니까.

"우리 쪽 분석에 따르면 전쟁은 장기전으로 치달을 테고, 그럴수록 러시아는 전황을 유지할 능력이 사라집니다."

"그거야…… 그런데……."

"확실히 그렇긴 하지."

어찌 되었건 브로커이기 때문에 남상진도 하루토도 러시아의 상황을 다른 사람들보다 훨씬 잘 알고 있었다.

"그리고 그 사건으로 다수의 나라들이 중립을 포기하고 무장을 증강할 겁니다. 그건 유럽도 마찬가지일 거라 생각하고요."

"미치겠군."

그 말에 남상진은 자신도 모르게 그렇게 중얼거렸다.

그럴 수밖에 없다.

지금 유럽의 군대는 오랜 군축으로 사실상 개판이다.

어느 정도로 개판이냐면, 천하의 전차 군단 독일이 차량에 거치할 중기관총을 구할 수가 없어서 훈련 중에 차량의 기관총 거치대에 도색한 빗자루를 올려 두고 다닐 지경이다.

물론 독일이 군대에 대한 긴축을 많이 한 탓도 있지만 유럽 쪽 군대는 대부분 이와 비슷하다고 봐야 한다.

"더군다나 서방제 무기는 수요가 미친 듯이 폭증할 거야.

아무리 미국이라도 그 양을 감당할 수는 없지."

"잠깐."

노형진의 말을 듣고 있던 남상진은 문득 소름이 돋았다.

실제로 노형진의 말이 사실이기 때문이다.

미국은 자국 내 소비량도 적지 않고, 지금도 무기를 주문하면 2년 이상 걸린다.

독일?

물론 어느 만화 말마따나 독일의 기술력은 세계 제일이라고 할 수 있다.

하지만 독일은 오랜 긴축으로 대단위 공장이 없다. 농담이 아니라 실제로 그렇다.

현재 독일의 무기 생산 방식은 소수의 라인에서 다수의 종류를 생산하는 다품종 소량생산 시스템이다.

어쩔 수가 없는 게, 확실히 독일제 무기가 좋기는 하지만 너무 비싸니까.

당장 한국의 K9 자주포가 전 세계에서 가장 잘 팔리는 이유가 뭔가?

독일의 자주포에 비해 미세하게 성능이 떨어지기는 하지만 가격이 3분의 1이기 때문이다.

"그리고 전 세계에서 전면전을 상정해서 무기 공장을 돌리는 나라는 한국뿐일걸."

"그건 그렇지."

이 복잡한 구조가 된 것은 수십 년간 벌어진 전쟁의 구조가 바뀐 데에 그 원인이 있다.

구소련이 무너진 이후로 전면전은 인류의 역사에서 사라졌다고 생각되어 왔다. 실제로 그 후에 벌어진 모든 전면전은 국지전 또는 테러와의 전쟁이었다.

그런 전쟁에 사용되는 무기는 무척이나 제한적이다.

실제로 전 세계의 최근의 역사를 보면 전면전에 대응하기 위한 무기 체계에 투자한 것은 북한을 적으로 두고 있는 대한민국 말고는 없다.

실제로 대한민국의 무기가 전 세계에서 잘 팔리지 않는 이유 중 하나가 바로 그거다.

국지전이나 테러와의 전쟁을 기반으로 하는 게 아니라 전면전을 상정하고 만든 무기뿐이라 화력 과잉 성향이 있기 때문이다.

"이러면 이야기가 달라지는데."

남상진은 심각한 얼굴로 말했다.

그도 그럴 게 노형진의 말대로라면 기회이자 최악의 상황이기 때문이다.

"우리는 그거 커버 못해."

아무리 남상진이 브로커계의 큰손이라고 해도 한계라는 게 있기 마련이다.

애초에 한국과 일본은 브로커 업계에서 본다면 개미 콧구

명 취급받을 만큼 작은 시장이다.

미국에는 엄청난 규모의 브로커들이 넘쳐 나고, 그들 개개인의 무기 거래량은 못해도 일개 사단을 너끈하게 무장시킬 수 있는 수준이다.

"그러니까 미리미리 준비하라 이거지."

"러시아에?"

"러시아겠냐?"

"미치지 않고서야 그럴 리가 없지."

러시아에 붙는다?

물론 돈이야 벌 거다. 하지만 그 돈을 쓰기도 전에 미국에 잡혀 들어갈 거다.

"막을 수 있는 방법은 없는 건가요?"

하루토는 왠지 충격을 받은 눈치였다.

전쟁이 일어나리라는 사실보다는 마이스터의 정보 능력이 그걸 알아낼 정도라는 데 더 놀란 것 같지만 말이다.

"무리일 겁니다."

노형진이 그 전쟁을 막을 생각을 안 했겠는가?

노형진과 마이스터의 가장 강력한 힘은 바로 돈이다. 하지만 전 세계의 경제제재를 무서워하지 않는 나라가 과연 마이스터의 경제적 압박에 신경이나 쓸까?

"독재국가들이 언제 경제에 신경이나 썼습니까?"

"으음……."

아래에서 불만이 생기면 가서 쏴 버리면 되는 나라들이다.

그런데 무슨 경제에 대해 고민한단 말인가?

"그건 그렇지. 독재국가들의 망가진 경제는 오래된 전통이지."

"그러니까 네가 주도해서 무기랑 필요한 걸 확보해 봐. 그건 네가 가장 잘 알 거 아냐."

아무렴 전쟁상인이니 전쟁에 가장 필요한 게 뭔지 잘 알거다.

노형진의 말에 남상진이 잠시 생각에 잠기더니 피식 웃었다.

"하긴, 핫팩만 해도."

"핫팩?"

"러시아랑 우크라이나는 추운 동네잖아. 전쟁 나면 불을 못 피우니까 핫팩 소모가 장난 아닐걸. 좀 쌓아 놓으면 돈 좀 되겠네."

그 말에 노형진은 혀를 내둘렀다.

'그러고 보니 그 생각을 못 했네.'

실제로 핫팩이 있고 없고의 차이는 겨울 전쟁에서 병사들의 사기에 큰 영향을 미친다.

당장 한국군도 동계 훈련을 할 때 핫팩 못 구하면 온갖 욕이란 욕은 다 듣는다.

정신력으로 추위와 싸워서 이겨 내라?

6.25 당시에 그딴 소리 하다가 얼어 죽은 중공군이 수만이다.

당장 2차대전 당시에 구소련과 독일의 전쟁에서도 가장 큰 적은 소련이 아니라 추위라는 말이 나왔을 정도로 추위는 전투력에 엄청난 영향을 준다.

더군다나 불을 피우면 포탄이 날아오는 현대전에서 핫팩은 선택이 아닌 필수라고 봐도 무방하다.

몸을 데우면서도 숨을 수 있으니까.

"흠…… 그렇군. 좋은 생각이야. 핫팩이라…….”

"그런데 돈이…….”

돈이 부족하다.

아무리 남상진에게 돈이 많다고 해도 한 나라의 전쟁에 끼어들 정도의 능력은 안 된다.

"그러니까 우리 쪽에 끼어 봐. 그럼 두둑하게 챙겨 주지.”

"오호? 좋지.”

자존심?

애초에 브로커 노릇을 하면서 그런 자존심을 챙긴다는 건 말도 안 된다.

처음에는 악연이었을지 모르지만 돈만 된다면 뭐든 못 하겠는가?

"그렇다면 확 당겨야지. 혹시 탱크 회사는 필요 없나?”

"뭔 소리야? 갑자기 웬 탱크 회사?”

"미래 로스트 말이야.”

현재 K2 전차를 만드는 미래 로스트는 나름 건실한 기업이다. 그런데 그곳에 대해 갑자기 관심이 없느냐니?

"판다는 이야기도 없잖아."

물론 미래를 대비해서 마이스터에서 해당 주식을 모으고 있는 건 사실이다. 그런데 남상진은 생각지도 못한 말을 꺼냈다.

"그쪽에서 팔까 말까 고민 중이야."

"뭘? 로스트를? 왜?"

"솔직히 돈이 크게 되지는 않는 상황이거든."

"그 정도 되는 회사가 돈이 안 된다고?"

"방산의 한계지. 규모의 경제라고 해야 하나."

모든 산업은 규모의 경제를 이루어야 돈이 된다.

문제는 한국의 무기들은 대부분 규모의 경제가 불가능하다는 거다.

당장 대공포만 해도 한국에서는 천마라는 대공포 시스템을 새롭게 만들어서 세계 최고의 대공포라 인정받고 있지만, 지금은 대공포가 의미 없다.

그냥 미사일로 수십 킬로미터 밖에서 쏴 버리니까.

애초에 전투기가 대공포 사거리 안에 들어올 일이 없다.

'하긴, 대공포가 개량만 제대로 하면 드론을 잡는 데에는 효율적이지.'

"딱히 결정이 나지는 않은 모양이지만 내부에서는 매각을 고민하는 분위기인 모양이야."

원래는 그런 일은 없었다.

그런 결정이 나기 전에 대박이 나서 주가가 미친 듯이 올라가고 무기는 없어서 못 파는 상황이 되어 버렸으니까.

하지만 지금은 그런 규모의 경제가 되지 않아서 결국 로스트는 간신히 적자만 면하는 상황.

국가에서 지원해 줘서 망하지는 않지만 아주 큰돈을 벌 정도도 아닌 상황이란다.

"당장 일본만 해도 규모의 경제가 박살 나서 돈지랄하고 있지."

그 말에 하루토는 쓰게 웃었다. 사실이니까.

실제로 일본 무기가 말도 안 되게 비싼 이유 중 하나가 바로 그거다.

다른 나라에서는 안 쓰니까 자위대만을 대상으로 팔아야 한다는 것.

예를 들어 자위대에서 아파치 헬기 63기를 도입하기로 결정하고 자체 생산을 시작했다. 이에 일본의 기업은 400억 엔을 투자해서 라이선스와 생산 설비를 확보했다.

그런데 그사이 버전이 업그레이드되어 버리자 자위대는 구형 버전 라이선스를 가진 아파치는 딱 3기만 만들고 나머지는 미국에서 신형 아파치를 구입하기로 결정했다.

그 결과 손실을 감당할 수 없었던 해당 업체는 인도되지 않은 3대의 아파치 헬기에 손실액을 붙여서 가격을 높여 버

렸는데, 그 가격이 무려 1기당 216억 엔, 한화로는 2,100억
이 되어 버렸다.

미국이 자랑하는 F-22 전투기 한 대 가격이 1,700억 원이
니 터무니없는 가격이었다.

결국 그 사건으로 해당 기업과 일본은 소송까지 가는 등
복잡해졌다.

이렇듯 규모의 경제는 전쟁 군수물자 부문에서 엄청나게
필요한 부분이다.

"물론 당장 판다는 보장은 없어. 하지만 찔러볼 수는 있지."

남상진은 마치 악마의 속삭임처럼 작게 속삭였다.

"계륵이라 이건가?"

"그렇지."

크게 남는 건 없는데 방산 업체라는 특성상 철수도 할 수
없는 그런 상황이 현재 로스트의 상황이라는 거다.

"나쁘지 않은 것 같은데?"

그런 상황이라면 어쩌면 그곳을 사는 게 나을 수도 있다.

앞으로 십수 년간 물건이 없어서 못 파는 시절이 올 테니까.

"그리고 구룡도 구입할 수 있을 것 같은데."

"구룡? 다연장 로켓 말이야?"

"대부분 퇴역했거든. 지금 정부에서도 이걸 폐기해야 하
나 아니면 공여해야 하나 고민 중이야. 솔직히 공여는 힘들
어. 필리핀에 좀 주기는 했는데."

구룡은 한국이 개발한 최초의 다연장 로켓이다.

너무 오래된 데다 한국의 다연장 로켓이 신형인 천무로 대체되면서 전량 퇴역이 예정된 물건이다.

현재도 대부분은 퇴역했고 극소수만 운영 중인 상황.

"장전에 못해도 20분은 걸리니까."

그나마도 로켓탄이 다 조립되어 있을 때의 이야기고 로켓탄도 조립해야 하는 상황이면 한 시간도 넘게 걸린다.

심지어 그 모든 게 다 수동이다.

그에 반해 천무 같은 경우는 완전 자동으로 5분 정도면 된다.

"사거리가 짧기는 하지만, 뭐."

하지만 아무리 사거리가 짧아졌다고 해도 23킬로미터는 절대로 짧은 거리가 아니다.

만일 천무를 쏴서 한 지역을 초토화하고 바로 튀는 방식으로 운영한다면 여전히 위협적이다.

"그래서 공여가 애매한 거고."

"하긴 그건 그렇겠네."

가난한 나라에서 이런 수십 킬로미터짜리 다연장 로켓은 초강력 무기다.

보병 전력을 순식간에 갈아 버리는데 그걸 잡을 수 있는 건 헬기나 미사일 전투기 같은 초고가 무기뿐이니까.

그렇다 보니 한 나라에 공여하면 주변 국가에서 극렬하게 반응했고, 가능하면 적을 만들기 싫어하는 한국의 특성상 퇴역하는 구룡을 공여하기도 애매했다.

더군다나 아무리 좋게 포장해도 결국 구룡 같은 무기는 방어가 아니라 공격 무기에 가깝기에 더더욱 다른 나라들이 격렬하게 반응할 수밖에 없었다.

"산다고 하면 싸게 줄 거야. 재고탄도 넘쳐 나니까."

노형진은 그 말에 고개를 끄덕거렸다.

"진지하게 생각해 보도록 하지."

"좋아. 마음에 들어."

그 말에 남상진은 미소를 지었다.

그러나 반대로 하루토는 안절부절못하는 얼굴을 하고 있었다.

대충 이야기를 들어 봐도 이 건으로 인해 얻을 수 있는 수익이 최소 백억 단위는 될 것 같았으니까.

문제는 자신이 끼어들기에는 너무 규모가 크다는 거다.

거기다가 일본은 팔아먹을 만한 게 그다지 없다. 죄다 비싸니까.

"어떻게, 관심이 좀 생겨?"

남상진은 불편한 모습을 보이고 있는 하루토를 보며 피식 웃었다.

"저랑은 상관없는 이야기 같은데요."

"상관없지는 않지요."

"어째서요?"

"전쟁은 무기만으로 하는 게 아니니까."

"일본은 다 비쌉니다."

"반드시 일본 걸 쓰라는 법은 없습니다."

노형진은 하루토를 끌어들일 생각으로 살살 구슬렸다.

"당장 중국산 핫팩 같은 걸 쌓아 두면 그때 비싸게 팔리겠죠?"

식품같이 장기 보관이 불가능한 물건이 아니라면, 그리고 생산공정이 복잡하지 않다면 중국에서 나오는 물건은 가성비가 나쁘지 않다.

"끄응."

"물론 도와주신다고 하면 끼워 드리고."

"후우~."

고민하던 하루토는 결국 손을 들며 말했다.

"아무리 그래도 동원된 사람에 대해서는 말 못 해요."

돈이 아무리 좋아도, 수백 미터 밖에서 날아오는 저격탄을 막을 능력은 하루토에게 없으니까.

"의뢰인은 모르고요?"

"알 리가 없죠. 내가 한 것도 아닌데."

'역시 그런가?'

진짜 모르는 건지 아니면 모르는 척하는 건지는 모르지만, 확실한 건 하루토는 이쪽에 도움을 줄 생각이 없어 보인다는 것이었다.

"다만……."

물론 공식적으로는 그렇다.

"다만?"

"소문은 좀 들었어요."

"소문?"

"네, 누가 아주 상당히 불편한 상황을 피하고 싶어 한다는 정도는 말이죠."

너무나도 추상적인 말이었다.

애초에 당연한 이야기다. 누가 심심해서 비싼 돈 들여 가면서 사람을 죽이겠는가?

노형진이 눈을 찡그리자 하루토는 더욱 어색한 미소를 지었다.

"소문에 따르면…… 아, 소문이에요, 소문. 네, 그 소문에 따르면, 그 사람의 입을 다물게 하고 싶어 했다고 하더라고요."

"입을 다물게 한다고요?"

"네, 소문으로는요."

물론 그것도 당연한 말이다. 그래야 자신이 안전해지니까.

하지만 생각해 보면 또 다른 정보이기도 하다.

왜냐하면 이번 사건으로 한국이 발칵 뒤집어졌는데, 그런 위험을 감수할 정도라는 건 추적이 바짝 따라왔다는 소리이기도 하니까.

"소문이란 말이죠."

"소문일 뿐이에요."

어깨를 으쓱하는 하루토.

"그래서, 이 정도면 도움이 되었나요?"

"충분히요."

"그래요? 그러면 본격적으로 사업 이야기를 해 볼까요?"

미래의 엄청난 수익을 생각해서 그런지 하루토의 얼굴은 미소로 가득해졌다.

노형진은 돌아오자마자 김소라에게 자신이 들은 정보를 이야기했다. 그리고 한 가지 가능성을 언급했다.

"상원성 검사는 당시 배당된 상불동 살인 사건을 수사하던 중 연관된 다른 조심스러운 사건에 대해 추적하다가 살해당한 게 아닐까요?"

"가능하기는 해요. 증인을 죽이는 경우는 무척이나 많으니까요."

죄에서 벗어나기 위해 증인을 죽이는 건 동서양을 막론하고 흔하게 벌어지는 일 중 하나다.

"더군다나 화우민은 음지에서 일하던 사람이니까요. 뭔가 더러운 짓에 엮였을 가능성이 커요."

"더러운 일요?"

"네. 어쩌면 살인에 동원되었을지도 모르겠네요."

"살인?"

"종종 있잖아요, 살인에 동원된 사람을 안전을 위해 살해하는 거."

실제로 있는 일들이다. 물론 그 비밀은 무척이나 규모가 큰 경우가 많다.

"그러면 상원성이 죽은 건……?"

"어쩌면 그에 관해 낌새를 눈치챈 걸지도 몰라요."

김소라는 심각한 얼굴로 말했다.

"그러니까 어떤 사건을 덮기 위해 사람을 죽이고, 그 범죄 행위를 실행한 화우민까지 죽인 후에, 그걸 파고드니까 검사까지 죽였다고요?"

오광훈은 기가 막혀서 말이 안 나왔다.

"무슨 할리우드 영화 찍어요?"

"인간의 삶은 언제나 상상을 뛰어넘죠. 안 그런가요?"

"그건 그렇지만……."

누가 자신이 죽었다가 다른 사람으로 환생했다고 말하면 아마 사람들은 진짜 미친놈이라고 할 테고 가족들은 정신병원에 그를 집어넣을 거다.

"그런데 보통은 은밀하게 처리하지 않습니까?"

"아뇨. 이 경우는 반작용이 크기 때문에 도리어 은밀하게 처리하는 게 손해죠."

"무슨 말입니까?"

그 말에 노형진은 고개를 갸웃했다.

그러자 김소라가 걱정스럽게 말했다.

"상원성 검사가 어떤 식으로 죽었든 간에 검찰에서는 그가 조사하던 모든 사건을 조사할 거예요. 그렇지요?"

"그건 그렇죠."

오광훈도 고개를 끄덕거렸다. 실제로 그런 상황이니까.

"그러면 그중에서 누군가 이상하다는 생각을 다시 한번 할 수도 있고요."

"다시 한다?"

"네. 그러면 다시 한번 또 죽일까요? 그게 가능할까요?"

"그렇군요. 무슨 소리인지 알겠습니다."

이미 의심을 받고 있는 상황에서 특정 사건을 조사할 때마다 사람이 죽으면 점점 그 사건이 대체 무엇인지 파고들게 될 거다.

그리고 궁극적으로 그게 특정될 가능성이 크다.

그렇게 되면 범인의 윤곽도 점차 드러날 테니, 결과적으로 검사를 죽일 때마다 자신이 의심스럽다고 홍보하는 꼴밖에 안 된다.

"하지만 저격은 누구도 못 막죠."

"공포감의 조성이라……."

"네. 범죄자들 중 상당수가 선호하는 방법이죠."

공포감을 조성함으로써 아무것도 하지 못하게 하는 것.

그 방법은 많은 사람들이 쓴다.

국회의원에서부터 폭력 조직, 기업.

그들은 조금이라도 마음에 들지 않으면 총력을 다해서 말려 죽인다.

그렇게 공포감을 조성함으로써 자신을 건드리지 못하게 하는 것이다.

당장 노형진만 해도 대룡을 보호하기 위해 쓴 적이 있을 만큼 공포는 오래된 전략이다.

"검사를 건드리는 건 아무나 못 하는 짓이에요. 설사 중국 폭력 조직이라고 해도 절대 쉬운 일이 아니죠."

물론 죽이고 도망가면 되지만 폭력 조직 자체는 한국에 있으니까.

"그러니까 사건을 파고들면 너도 죽는다는 경고인 겁니까?"

"그런 것 같네요."

대충 상황이 이해되어 가자 김소라는 눈을 찡그렸다.

"하지만 여전히 이해가 안 가요, 도대체 화우민이 무슨 짓을 한 건지."

"아까 말씀하신 대로 청부 살인 아닐까요?"

오광훈의 말에 김소라는 고개를 흔들었다.

"예시를 살인으로 들긴 했지만 실제로 그건 아닐 것 같아요. 화우민은 그저 그런 조폭이었어요. 관련해서 살인 사건

도 없죠. 부천 광천파 사건 기록을 보면 위협, 갈취 정도의
기록만 남아 있어요."

즉, 강력 범죄를 벌이는 초대형 범죄 조직은 아니라는 거다.

강력 범죄를 저지르는 폭력 조직이라면 경찰의 특별 관리
대상일 테니 확실히 그들이 청부 살인 같은 심각한 범죄를
벌였을 리는 없었다.

"특히 가장 이상한 건, 화우민은 죽었지만 부천 광천파는
아무 일 없다는 거예요. 물론 세력이 줄기는 했지만."

"그게 무슨 의미가 있다는 겁니까?"

"누군가가 보스가 되고 싶어 하는 이유가 뭐겠어요? 더러
운 일은 아랫사람을 시킬 수 있어서죠."

"아하!"

즉, 조직 차원에서 어떤 일을 처리했다면 살해 대상은 화
우민뿐만 아니라 광천파 전부였어야 한다는 거다.

그런데 죽은 건 화우민 한 명뿐.

"그건 그가 뭘 하든지 간에 혼자 했다는 소리거든요."

"그 중간 전달자 역할을 했을 가능성은 없나요?"

일은 아래에서 하지만 주요 정보는 중간에서 쥐고 있는 경
우 그 사건을 추적하는 게 불가능하기 때문에 종종 그런 방
법으로 사건에 접근하기도 한다.

"알아요. 그 생각도 했어요. 하지만 그럴 가능성은 높지
않아요."

"어째서요?"

"광천파 쪽 애들 프로파일링을 쭉 살펴봤는데 말이 조폭이지, 그냥 좀 더 폭력적인 양아치 수준밖에 안 되더라고요."

즉, 심각한 일을 해 줄 놈들이 아니라는 거다.

살인이나 납치 등등의 강력 범죄를 저지를 만한 놈들은 아니라는 뜻.

"그런 타입들은 그런 일을 시키면 도망갈걸요."

전국구 폭력 조직도 아니고, 솔직히 광천파 정도는 부천 지역만 벗어나도 추적하는 게 불가능할 테니까.

"그러니까 갈취나 해서 적당히 먹고사는 놈들이라는 건데……."

그러면 화우민이 개인적으로 무슨 짓을 했다는 소리인데, 조직의 리더라는 놈이 먼저 움직일 리가 없다.

그 순간 오광훈은 문득 기억나는 게 있었다.

"과거에 했던 사건이라면요?"

"과거의 사건요?"

"네. 사실은 그놈이 과거에 어떤 조직의 행동대장이었거든요."

"어딘데요?"

"인천 월미파라는 곳입니다. 지금은 사라졌고요."

"인천 월미파?"

오래전에 사라진 조직이기에 노형진도, 김소라도 어떤 조

이것이 법이다

직인지 몰라서 고개를 갸웃했다.

하지만 다음 말에 두 사람은 깜짝 놀랐다.

"인천 파라다이스 나이트클럽 방화 살인 사건 범인들입니다."

"인천 파라다이스 나이트? 그 사건 주범이라고요?"

"네. 그 사건은 아시죠?"

"네, 프로파일러라면 모를 수가 없는 사건이죠."

"나도 그 사건은 알지만 그게 폭력 조직 관련 사건인 줄은 몰랐는데."

인천 파라다이스 나이트클럽 살인 사건은 쉽게 말해서 조직 간 항쟁의 가장 비참한 결말이었다.

조직 간에 항쟁을 하면서 얌전히 자기들끼리만 싸운다면 경찰로서는 골치 아픈 놈들이 알아서 뒈져 주는 거니 완전 고마운 일이지만, 보통은 그렇게 안 되니까 문제가 된다.

인천 파라다이스 나이트클럽은 원래 인천 월미파에서 관리하던 곳이었다. 하지만 조직 간 항쟁을 통해 인천 갈매기파로 넘어갔다.

그 과정에서 월미파는 갈매기파에 박살 나고 보스까지 죽었다.

여기까지는 항쟁일 뿐이었다.

하지만 박살 난 월미파의 일부가 숨어 있던 중, 갈매기파가 승리 기념으로 나이트클럽에서 파티를 한다는 사실을 듣게 된다.

그에 그놈들은 잔인한 계획을 세우는데, 바로 파라다이스 나이트클럽에 불을 지르는 것이었다.

유일한 입구에 휘발유를 가져가 불을 지른 후에 다급하게 도망쳐 나오는 상대방 조직원들을 도륙 내는 것.

놈들은 실제로 이 계획을 실행에 옮겼다.

아예 끝장을 볼 생각으로 도끼와 전기톱까지 동원해서 살인을 저질렀고, 불이 난 상황에서 정신없던 갈매기파는 제대로 손도 못 쓰고 당했다.

문제는 월미파가 갈매기파의 얼굴을 다 아는 게 아니라는 것이었다.

그래서 그들은 불을 피해서 나오는 남자들을 모조리 죽였고, 그 결과 그 나이트클럽에서 하루 만에 사망자만 열네 명이 나왔다.

그나마 다급하게 온 경찰이 평소와 다르게 권총으로 사살하고 불을 꺼서 더 이상의 피해자는 발생하지 않았지만, 만일 불을 끄지 못했다면 그 안에 숨어 있던 사람들은 죄다 가스로 질식사할 뻔했다.

"그 사건 결과도 되게 웃겼는데."

월미파는 갈매기파 조직원을 도륙 내겠다고 그 짓거리를 저질렀지만 정작 갈매기파는 딱 두 명만 밖으로 나왔을 뿐, 나머지는 밖에서 들리는 비명에 이상하다 생각하고 나가지 않아서 더 이상 다친 사람도 없었다.

즉, 불이 나서 도망가던 일반인만 무려 열두 명이나 그놈들에게 비참하게 살해당한 거다.

"맞아, 그랬지. 그때 화우민은 이미 구속되어 구치소에 있어서 상황을 면한 거지."

"어쩌다?"

"어쩌다가는 무슨. 행동대장이니까 당연하잖아."

당연히 갈매기파와의 분쟁에 가장 먼저 뛰어들었고, 그만큼 일찍 구속되어 도리어 이 황당한 사건에 휘말리지 않은 거다.

"상당히 극단적인 조직이었네요. 아무리 나이트클럽을 빼앗겼다고 해도 그 정도로 행동하다니."

나이트클럽을 빼앗겼다고 해도 그게 월미파의 소유인 것은 아니다.

만일 소유주가 월미파였다면 아무리 노력해도 갈매기파가 빼앗지는 못했을 테니까.

말 그대로 관리 권한만 가지고 그 지랄을 한 건데, 그처럼 극단적으로 행동하는 놈들은 사실 거의 없다.

"아, 월미파 놈들이 좀 그래요. 아무것도 없는 새끼들이라."

오광훈은 과거의 기억을 더듬거리며 말했다.

당시 경찰은 그런 것까지는 잘 몰라서 방치하고 있다가 그 사달이 난 거지만, 조폭이었던 오광훈은 그들에 대해 잘 알고 있었다.

"죄다 마약쟁이였거든요."

"마약쟁이요?"

"네. 마약을 유통하는 건 물론이고 본인들도 마약을 빨던 놈들이니까."

"그래서 문제가 생긴 거군."

"맞아."

나이트클럽은 마약을 유통하기 위한 유통 라인임과 동시에 마약을 사는 데 필요한 돈을 벌기 위한 수단이기도 했다.

그런데 그 돈줄이 막혔으니 미칠 수밖에 없다.

더군다나 마약 금단증상이 오기 시작하면 판단력도 떨어지는 건 당연한 일.

"실제로 그 나이트클럽 내부를 조사한 결과 마약이 발견되기도 했고."

나이트클럽을 빼앗기면서 마약도 빼앗기고, 그래서 금단증상이 온 것이리라.

"화우민도, 폭행도 폭행이지만 마약이랑 엮여서 교도소에 들어간 거고요."

"음……."

마약 소지에 마약중독, 그리고 마약중독 상황에서 폭행했으니 가중처벌.

그래서 상당 기간 교도소에 있었다.

"그러면 화우민이 행동대장으로 활동하던 시기에 증인이

죽은 사건을 조사해 보면 되지 않을까요? 대충 어디 소속인지 알면 그들이 극단적인 행동을 할 정도의 조직인지도 알 수 있으니까요."

"확실히, 누군가를 죽이는 행동은 무척이나 극단적이죠."

뭔가 큰 문제가 있지 않은 이상에야 살인까지 가지는 않는다, 보통은.

"행동대장이라면 직접 움직이지?"

"그렇지. 애매하게 아래에 일 시키기 힘들 때 자기가 나서기도 하고."

진짜로 살인 같은 걸 지시하면 도망가는 놈들도 많기 때문에, 그런 건 보통 행동대장이 나서서 처리하는 경우가 많다.

"그럼 김소라 씨 말대로 그 당시에 증인이 죽거나 한 사건을 추적하면 될 것 같네."

그런 사건이 많은 건 아니기에 노형진은 심각한 얼굴로 말했다.

"어쩌면 우리는 생각보다 큰 적과 싸우게 될지도 모르겠어."

죽은 자는 말이 없다

　김소라는 화우민이 살해당한 원인에 대해 두 가지 가능성을 제시했다.

　하나는 문제가 되기 전에 미리 화우민을 처분했다는 것.

　다른 하나는, 자신에게 꼬리가 붙어서 처벌을 면하기 위해 화우민을 처분했다는 것.

　그리고 아마도 범인은 후자일 거라고 이야기했다.

　만일 전자를 선택하는 타입이라면 화우민을 그렇게 오래 살려 두지 않았을 거라는 이유였다.

　그래서 오광훈과 노형진은 화우민이 월미파의 행동대장으로 활동하던 시기의 사건 중 증인이 죽은 사건을 조사했다.

　물론 증인이 사망한 것이 기록에 남지는 않는다. 하지만

무죄가 나온 사건일 가능성이 높기에 관련 사건을 조사하는
건 어려운 일이 아니었다.

한국의 검사 승소율은 무려 99% 이상. 그래서 무죄가 나
오는 경우는 거의 없다.

그리고 그중에서 가해자가 킬러를 고용할 정도로 돈과 권
력이 있는 경우는 더더욱.

얼마 후 조사한 자료를 가지고 다시 모인 두 사람.

노형진은 오광훈이 가져온 자료를 보며 깜짝 놀랐다.

"증인이 죽은 사건이 있었어?"

"그래. 그래서 결과적으로 무죄로 풀려난 사람이 있어."

"누군데?"

"창동그룹 사건."

"창동그룹? 내가 아는 그 창동그룹?"

창동그룹은 주류업으로 시작해서 건설업까지 뻗어 나간
회사다.

사실 아주 큰 기업은 아니다.

건설업은 일부 지역에서만 강력한 권력을 가지고 있다.

대단위 아파트 단지에 끼어들 정도는 안 되지만 대형 건물
정도는 지어 올릴 수 있는 기업이 바로 창동건설이다.

주류도 마찬가지.

전국 단위의 주류 회사는 아니고, 전라남도와 그 주변 일
대를 대상으로 술을 파는 기업이다.

사람들은 주류는 어딜 가나 그게 그거라고 생각하지만 사실 그렇게 된 지는 얼마 안 되었다.

과거에는 각 지역마다 각각 자기 구역을 두고 영업했으니까.

실제로 경기권에서 많이 먹던 새벽이슬 같은 게 강원도나 제주도에 가면 보기 힘들었던 데에는 그런 이유가 있었다.

그리고 창동주류는 그중에서 전라남도 지역을 담당하던 주류 회사였다.

경기도권을 영역으로 하는 기업에 비해 확실히 규모가 작기는 하지만 최소한 전라남도에서는 경기도권의 100위 내 기업들과 비교해도 될 만큼 강력한 힘을 가지고 있었다.

"그래서 창동그룹이 연관된 사건이 뭔데?"

이슈화된 거라면 모를까, 이슈화되지 않았다면 노형진이라고 다 알지는 못하기에 노형진은 오광훈에게 창동그룹 사건에 대해 물어봤다.

"창동그룹의 현 회장이 살인죄로 기소된 적이 있더라고."

"살인죄로?"

"그래. 그때 무죄로 풀려났어. 인천 지역에서 기소되었고."

사건 자체는 간단했다.

그 당시에 창동그룹의 후계자였던 조억기가 인천 지역에서 살인 사건과 관련해서 엮인 게 있었다고 한다. 그런데 증인이었던 사람이 죽고 무죄로 풀려났다는 것.

"죽은 증인이 누군데?"

"그 당시에 죽은 남자의 여자 친구야."

"여자 친구?"

"응."

사건의 개요는 간단했다.

인천에 있는 모 클럽에 갔던 조억기가 마음에 맞는 여자를 발견해 그녀를 꼬셨다.

그런데 그녀는 그저 친구와 놀기 위해 클럽에 온 것일 뿐 딱히 원나잇을 할 생각이 없었기에 거절했고, 이에 빡친 조억기는 그 여자의 따귀를 때렸다고.

그런데 동행인 중 하나이던 남자 친구가 그 모습을 보고 화가 나서 조억기에게 주먹질을 한 것이다.

이후 두 사람은 분란을 일으킨다면서 클럽의 가드에 의해 쫓겨났다고 한다.

"그 후에 어디서 어떻게 된 건지 모르지만 남자는 죽었고 조억기는 살인죄로 기소당했지."

"증거는?"

"그게 문제야. 증거가 없었거든."

남자의 사인은 익사였고 몸에는 폭행의 흔적이 있었다.

정황상 누군가 물속에 찍어 눌러서 죽인 듯했지만, 조억기는 클럽에서의 폭행은 인정해도 살인은 인정하지 않았단다.

애초에 폭행 건은 조억기가 클럽에서 사람을 패는 걸 본 증인이 많아서 부정할 수가 없었을 테니 당연한 얘기다.

"그리고 그 여자는 며칠 후에 누군가에게 살해당했어. 그 사건은 여전히 미결 사건이고."

"미결?"

"응."

그리고 조억기는 약식 기소되어 벌금 500만 원을 선고받았다고 한다.

그 말에 노형진은 눈을 찡그렸다.

약식 기소란 검사의 청구에 따라 공판절차 없이 약식명령으로 처벌하는 것을 의미한다.

검찰에서 용의자가 저지른 죄가 징역이나 금고보다 벌금에 해당한다고 판단하였을 경우 약식 기소 후에 벌금형을 받게 하는데, 기본적으로 인신 구속형의 처벌은 못 하고 오로지 벌금만 가능하다.

물론 약식 기소 벌금 500만 원이면 처벌이 강한 편이기는 하지만 현실적으로 재벌가의 도련님에게 500만 원은 돈도 아니라고 봐도 무방한 금액.

"그리고 그 두 건의 사건은 그대로 미결 처리?"

"맞아. 그 당시에 그 약식 기소를 청구한 검사가 이번에 문제가 된 부장검사야. 그 당시에는 평검사였고."

"흠."

그 말에 노형진은 생각에 잠겼다.

"그 부장검사의 이름이 뭐라고 했지?"

"우민주."

"우민주라……. 그 우민주 검사가 이 사건을 담당했다고?"

"두 사건 다."

아마도 정황상 조억기가 사람을 죽인 후에 화우민에게 증인인 피해자의 여자 친구를 죽이게 했을 것이다. 그러다 일이 틀어져 화우민까지 처분했는데, 그 사건을 덮었던 우민주 검사가 이번에 옷을 벗으면서 사건의 재수사가 시작되자 불안감에 다른 검사들을 위협할 겸 상원성 검사를 '저격'이라는 극단적인 방식으로 처분했다는 거다.

누군가에게 죽을 수 있다는 걸 확실하게 보여 줘야 더 이상 사건을 파고들지 않을 테니까.

노형진은 순간 뭔가 느낌이 왔다.

두 사건이 우연히 우민주 검사에게 배당되었을 수도 있다.

하지만 오랜 시간 겪어 본 검찰의 구조대로라면 그럴 가능성은 높지 않다.

보통 힘이 있는 사람들은 자신에게 유리한 검사를 배당해 달라고 요구할 수 있기 때문이다.

'자신에게 유리한 검사'란 당연히 돈을 받고 사건을 덮어 줄 검사를 뜻한다.

"그런데 이건 오래전 사건인데 조사 대상이야?"

이번에는 우민주라는 그 부장검사가 사고를 치는 바람에 조사 대상에 올라가서 담당했던 사건들을 재조사하는 거긴 하지만, 그렇다고 그가 맡았던 사건을 모두 다 재조사하지는 않는다.

3년이면 3년, 5년이면 5년 같은 식으로 정해진 기간만 캔다.

"이번 검사 대상 사건은 5년이잖아."

"맞아. 그런데 이건 무려 12년 전 사건이지."

"그런데 왜?"

"아마 원성이는 우연히 화우민이 여자를 처리한 킬러라는 증거를 찾은 게 아닐까?"

그리고 화우민을 파다 보니 그 사실을 조억기가 알게 된 걸지도 몰랐다.

"아무리 그래도 그걸로 살인을 한다고? 아, 물론 그럴 만하기는 하지만."

두 건의 살인.

그것도 대리인을 이용한 살인이 한 건, 직접적인 살인이 한 건이라면, 아무리 조억기가 재벌가의 후계자라고 해도 인생이 박살 나는 것은 피할 수 없다.

교도소 내에서 회사를 운영하는 것도 잠깐이지, 애초에 그 정도면 못해도 20년 형은 나올 텐데 그 기간 내내 교도소에서 회사 운영을 할 수는 없다.

"조억기한테 다른 형제가 있나?"

"있지. 지금은 저기 사우디아라비아 지점에 가 있지만."

"얼씨구? 사우디에 왜 가? 거기서 건설업을 시도하나? 급이 안 될 텐데?"

창동건설이 전라남도에서는 큰 기업이지만 사우디아라비아에서 공사를 수주할 정도로 지명도가 높거나 국제 사업을 해 본 적은 없는 기업이다.

"아니야. 주류 유통업으로 나갔어, 소주 팔러."

"뭔 개소리야? 거기서 소주를 어떻게 팔아?"

사우디아라비아는 음주가 불법인 나라다.

물론 알게 모르게 조금씩 마시기는 하지만 불법은 불법.

"뻔한 거 아니냐?"

"그렇기는 하네."

후계 경쟁에서 자기가 이겼고, 만의 하나라도 상대방이 재기하는 걸 원하지 않는다.

소위 한류로 인해 갑자기 전 세계에 소주 붐이라도 일어난다면 다시 공적을 쌓아서 돌아올지도 모르는 상황.

그렇다면 그걸 막는 가장 좋은 방법은?

절대로 소주를 못 파는 나라로 보내면 된다.

"아무리 재벌가라고 해도 저격용 라이플까지 동원해서 청부 살인을 하는 건 선을 넘어도 너무 크게 넘은 건데."

생각할수록 기가 막힌 사건의 규모에 노형진이 어이가 없다는 표정으로 중얼거렸다.

그런데 더욱 놀랄 만한 사실이 오광훈의 입에서 흘러나왔다.

"솔직히 창동이라면 그럴 만하지."

"그럴 만하다고?"

"애초에 창동이 어떤 기업인데? 그 애들, 일본 군수 기업이었어."

"일본 군수 기업?"

"그래."

구 일본군 시절에 일본에 군수품을 납품하던 창동은 해방 이후에도 잠깐 군수업을 하기는 했었다고 한다.

하지만 산업 효율화를 위한 산업 통폐합 당시에 그 군수업을 다른 기업에 빼앗기고, 그 대신에 전라남도의 소주 유통권을 받아서 기사회생한 곳이 바로 창동이라고 한다.

그러니 여전히 군수업에 관련된 선이 있을 거라는 것.

오래전이라지만 음지 라인은 유지하면 어떻게 쓰일지 모르니 그걸 단박에 잘라 내지는 않기 때문이다.

"그리고 이건 검사들도 잘 모르는 모양인데, 애초에 창동 자체가 폭력 조직과 상당히 밀접한 곳이라서."

"뭐라고?"

"지방 기업들이 폭력 조직을 겸직하는 거야 딱히 비밀도 아니잖아."

"끄응."

물론 지금은 그렇지 않지만 옛날에는 그런 일이 흔했다.

특히 건설업은 거의 100% 폭력 조직을 끼고 있다고 봐야할 만큼 필수적이었다.

왜냐하면 기존에 그곳에서 살던 사람들을 쫓아내야 하는데, 대부분의 경우 터무니없는 가격에 후려치니 절대로 나가지 않으려 하기 때문이다.

노형진은 창동에 대해 알수록 머리가 아파지는 기분이었다.

"환장하겠네."

한때 군부에 대해 알고 있던 기업인 만큼 음지의 세계에 접촉하는 건 일도 아닐 거다.

"그리고 솔직히 말해서 저격이라면 아무리 노력해도 범인을 못 잡을 것 같은데."

"그건 맞아."

저격을 통한 살인은 기본적으로 범인의 특정이 쉽지 않다.

총기 자유국인 미국에서도 저격을 통한 살인의 경우는 추적이 쉽지 않은데, 하물며 총기 유통 자체가 불법인 한국에서 과연 그걸 추적할 수가 있을까? 애초에 경험 자체가 없을 텐데?

'더군다나 그 총기가 일본에서 온 거라면 답이 안 보이지, 뭐. 거기다 실제로 저격을 한 놈은 일본인도 아닐 테고.'

그렇게 추측하는 것도 당연하다.

만약 그가 하루토라면 일을 맡길 사람으로 일본인을 선택하지는 않았을 것이다.

일본에는 저격수로 훈련받은 사람이 적을뿐더러 혹시나 일본으로 추적이 이어지면 겹칠 수 있으니까.

하지만 미국 같은 경우는 아예 추적이 불가능할 거다.

군에서 훈련받은 게 아니라고 할지라도 전국에 수만 개의 사격장이 있고 그곳에서 훈련시켜 주기도 하기 때문이다.

실제 군대에서 훈련받은 놈들이야 극도로 적겠지만 그건 저격수에게 정찰이나 침투 등 다른 임무를 대비한 훈련을 같이해서 그렇지, 단순히 장거리 저격 능력만 필요하다면 그걸 훈련할 사설 훈련장은 미국에 넘쳐 난다.

"창동이라면 확실히 그런 행동을 할 만하다 이거지."

"정확하게는 조억기 그놈이면 그럴걸."

물론 오광훈이 조억기에 대해 잘 아는 건 아니다. 하지만 최소한 기록대로라면 위험한 인간인 것은 사실이다.

자기가 먼저 찝쩍거려 놓고 여자에게 남자가 있다고 폭행하는 놈이 정상은 아닐 테니까.

오광훈은 복잡한 표정으로 한숨을 내쉬었다.

"이걸 어떻게 추적해야 할지 모르겠다."

"그 조사 팀에 이야기해 보지 그래? 이 사건에 대해 조사하는 특별 수사본부가 생겼다면서."

"했지."

"했는데?"

"개소리 말래."

"쩝."

하긴, 그들 입장에서는 굳어 오광훈의 말을 들어줄 이유가 없다.

설사 창동의 조억기가 의심스럽다고 해도 그를 건드릴 수는 없다. 왜냐하면, 재벌인 그를 건드려 봐야 나오는 건 없이 목숨만 위험하니까.

"가장 큰 문제는 우민주야."

"우민주?"

"솔직히 말해서 우민주 부장검사를 검찰에서 조사하겠어?"

"……할 리가 없지."

만일 우민주가 죄를 인정하고 자기반성을 한다면 추적이 가능할지도 모른다.

하지만 우민주는 그럴 이유가 없다.

"지금 우민주는 뭐래?"

"뭐긴, 뻔하지. 애초에 사표 던지고 나간 걸로 끝이야."

"또?"

"한두 해 문제도 아니잖아."

확실히 우민주는 돈을 받은 게 드러나자마자 사표를 던지고 변호사를 개업했다.

동시에 그걸 핑계로 검찰에서는 우민주에 대한 모든 조사를 중지했다.

검찰 내부에서 범죄를 저지른 자에 대해서는 매번 이런 식으로 대응이 이루어졌기 때문에 현실적으로 우민주를 조사할 사람은 없을 거다.

"우민주를 건드리지 않으면 진실도 드러나지 않을 텐데."

문제는 우민주를 조사하지 않을 거라는 것.

"그러면……."

고민하던 노형진이 조용히 말했다.

"우민주에게 반대로 도움을 주자."

"뭐?"

"우민주에게 도움을 주자고."

오광훈이 황당함으로 물든 얼굴로 노형진을 빤히 쳐다보았다.

"우리가?"

"그래."

"미쳤냐?"

"미치긴. 아주 멀쩡해."

노형진은 씩 하고 웃었다.

"원래 호의라는 건 받아들이는 사람이 결정하는 거거든, 후후후."

노형진의 말이, 오광훈은 이해가 되지 않았다.

⚖️

우민주.

한때 대한민국에서 가장 유명한 검사 중 한 명이었다.

야심찬 여성 검사였고 언론에서도 주목하는 여성 부장검사이기도 했다.

여성의 사회 진출을 이야기할 때 꼭 언급되는 대표적인 여성 법률인으로 뉴스도 몇 번 탔다.

하지만 그 이면에는 돈을 받고 사건을 덮어 주는 부패한 검사라는 면모가 있었다.

물론 그 이면이 결국 발각되는 바람에 처벌당하기 전에 재빠르게 그만두고 나왔지만 말이다.

그리고 그만두고 나간 검사는 건드리지 않는다는 검찰의 암묵적인 룰에 따라 그녀는 느긋하게 변호사로서 손님을 받고 있었다.

하지만 자신이 정말로 원하지 않는 인간이 손님으로 올 줄은 몰랐다.

아니, 손님이라고 할 수도 없었다. 의뢰하러 온 게 아니니까.

"오 검사가 웬일이야?"

오광훈이 찾아오자 우민주는 짜증스러움을 감추지 않았다.

그도 그럴 게 오광훈이 검찰 내부에서 이단 취급받는 걸 잘 알고 있으니까.

자신이야 오광훈 때문에 모가지가 날아간 건 아니지만 날아간 동기들이 어디 한두 명이어야 말이지.

"우 부장검사님, 오랜만에 뵙습니다."

"우리가 그렇게 친밀하게 인사할 관계는 아니지 않아?"

"알고 있습니다. 하지만 걱정스러워서요. 검사로서 일반인을 보호해야 하니까요."

"일반인을 보호한다고?"

"부장검사님은 이제 검사복을 벗으셨잖습니까? 민간인이시죠."

"지금 나 놀려?"

"놀리는 게 아니라 규칙에 근거해서 움직이겠다는 소리입니다."

그 말에 우민주는 짜증이 팍 올라왔다.

부장검사였던 시절에도 내내 신경을 긁어 대던 놈이 여기까지 찾아와서 또다시 신경을 긁고 있다고 생각했기 때문이다.

"그래, 민간인을 보호하겠다 이거지?"

"네."

"그래서 뭐로부터 보호하겠다는 거야? 내가 잡아넣은 새끼가 나를 죽이기라도 하겠대?"

코웃음을 치던 우민주는 다음 말에 순간 몸이 굳어 버렸다.

"상원성 검사가 죽었습니다. 화우민 살인 사건을 조사하다가요."

"화우민? 그게 누군데?"

모른 척했지만 이미 우민주의 눈동자는 흔들리고 있었다.

왜냐하면 그 사건도 자신이 담당했으니까.

물론 증거도 없고 누가 범죄를 저질렀는지도 알 수가 없어서 그냥 영구 미제로 넘긴 사건이다.

"사실은 상 검사가 죽기 전에 저한테 전화를 한 통 했습니다. 청부 살인 사건을 하나 파고 있다고요."

"청부 살인 사건?"

"네. 그런데 그 사건과 관련된 사람들이 전부 죽었다고 하더군요."

"그게 뭔데?"

뭔지 모를 불안감에 휩싸인 우민주는 애써 평안한 목소리로 질문을 던졌다.

"모릅니다. 다만 그 이야기는 하더군요. 우 검사님도 그 대상이라고."

"뭐?"

"그리고 다음 날 살해당했습니다. 저격총에 맞아서요."

"그게 무슨 말도 안 되는 소리야? 저격총이라니?"

"진짜입니다. 워낙 큰일이라서 쉬쉬할 뿐이지."

"그런데 나는 왜……."

"저도 검찰에 상황을 말했습니다만……."

오광훈은 안타깝다는 듯 한숨을 푹 쉬었다.

"검찰에서는 개소리 말랍니다."

"개소리 말라고 했다고?"

"네. 아시잖습니까? 그쪽은 우 부장검사님에게 관심이 없습니다."

"관심이 없어?"

"네."

그 말에 우민주의 눈동자가 흔들렸다.

그럴 수밖에 없는 게, 그게 틀린 말은 아니니까.

범죄를 저지르고 퇴직하면 검찰 내부에서는 그걸로 끝. 더이상 뒤를 캐지 않는 게 하나의 룰이다.

하지만 그렇다고 해서 철저하게 같은 편인 것도 아니다.

그런 일이 벌어지면 딱 선을 긋고 모른 척한다.

물론 개인적으로 알고 지내던 검사들과의 관계는 계속 유지되기도 하지만, 그들조차 공적인 영역에서는 더 이상 아무런 관계도 맺지 않으려 한다.

검찰 내부의 규칙이라기보다는 혹시나 나중에 자기들도 엮여서 같이 끌려갈지 몰라 두렵기 때문이다.

"날 보호하지 않는다고?"

"네. 문제는 상대가 저격수라는 겁니다."

"저격수라니 뭔 말도 안 되는 소리야? 무슨 전쟁터도 아니고……!"

하지만 그렇게 말하는 우민주의 목소리는 떨리고 있었다.

아무리 손절당했다고 해도 우민주가 그 정도 정보는 얻어낼 수 있는 자리에 있었기 때문이다.

당연히 바로 드러날 뻔한 거짓말을 오광훈이 할 이유가 없었다.

"혹시 몰라서 드리는 말씀입니다. 조심하세요. 범인은 프로 저격수예요. 현장에 총기를 버리고 간 걸로 봐서는 여분의 소총이 더 있을 겁니다."

"여분?"

"네. 새론을 통해 일본에 있는 브로커를 추적했는데 다수의 저격용 라이플을 한국으로 반입했답니다."

그 말에 우민주는 더 이상 공포감을 감출 수가 없었다.

아무리 오광훈이 마음에 안 들어도 새론의 정보력과 능력은 절대로 무시할 수가 없으니까.

더군다나 오광훈이 새론의 스타 검사인 건 비밀도 아니니, 그쪽에서 얻었다는 그의 정보를 무시할 수도 없었다.

"위협하는 거야?"

"위협이 아닙니다. 저는 진실을 말하는 겁니다."

"진실?"

"네."

오광훈은 조용히 말을 이었다.

"제가 사건을 담당하는 검사가 아니라서, 해 드릴 수 있는 건 이것뿐이라서요."

그리고 자리에서 일어났다.

"부디 안전을 잘 챙기시기 바랍니다."

오광훈의 그 말에 우민주는 뭔가 꺼림칙했지만 그렇다고 해서 따라나서지는 않았다. 여전히 오광훈은 철천지원수니까.

"다음에 안 좋은 모습으로 뵙지 않았으면 하네요."

마지막으로 오광훈이 떨구고 간 그 말에, 우민주는 아무런 대꾸도 할 수가 없었다.

"아…… 그게요."

우민주는 당장 자신이 아는 검사 중 한 명과 만나 상황을 물었다.

아무리 선이 끊어졌다고 해도 개인적으로 알고 지내는 검사들은 여전히 있으니까.

"틀린 말은 아닌데. 아이, 씨팔."

"씨팔? 씨팔? 지금 나한테 조심하라고 한 게 그렇게 불만이야?"

검사가 욕을 하자 우민주는 발끈했다.

그러나 그 검사는 다급하게 손사래를 쳤다.

"아니 그게, 얼마 전에 오 검사가 그 정보를 우리에게 제공했거든요."

"그런데?"

"그런데 위에서는, 음…… 조까라고 대응했어요."

"쪼까라고?"

"네. 아시잖아요, 오광훈하고 스타 검사 놈들을 검찰에서 어떻게 대우하는지."

"……."

왜 그걸 모르겠는가. 그 전략을 짜는 데 일조한 게 우민주 본인인데.

그들에 대한 대우는 철저한 무시다.

기본적으로 일을 잘하는 데다가 새론과 마이스터의 지원에 언론의 스포트라이트까지 받는 스타 검사들이다.

일을 잘할수록 그들이 승진할 가능성도 높아지니 부패한 검사들에게는 상당히 마음에 안 드는 일이었다.

그래서 나온 전략이 바로 무시다.

그들이 뭐라고 하든, 그들의 말을 최대한 무시하는 것.

특히 이번처럼 정보의 출처가 새론인 경우는 철저하게 무시함으로써 그들을 조직에서 고립시키는 게 목표였다.

물론 생각만큼 효과적으로 압박하지는 못했지만 현재로서는 그 기조가 유지되고 있었다.

"그 말은 진짜로 저격용 소총이 반입됐다는 거야?"

"이미 한 자루 발견되었으니까 더 있을 수도 있죠."

"그런데 왜 나한테 말 안 해 줬어?"

"네?"

"나한테 왜 말 안 해 줬냐고!"

오광훈이 건넨 정보는 자신의 목숨이 달린 일이었다.

그런데 그걸 왜 자신에게 말해 주지 않았단 말인가?

"그게…….."

그 말에 검사는 시선을 돌렸다.

그럴 수밖에 없었다.

검찰은 궁극적으로 권력을 차지하고 싶어 한다. 그러기 위해서는 자신의 존재 목적을 확실하게 해야 한다.

그리고 바로 그 때문에 범죄를 방치하는 경우도 많다.

검찰은 범인을 체포하는 집단이지 범죄를 막는 집단이 아니다.

그래서 검찰은 피해자가 죽게 내버려 두기도 한다.

하나의 미끼로 삼아 범인을 체포하기 위해서 말이다.

피해자가 죽는 거? 미안하지만 알 게 뭔가?

그들에게 중요한 건 피해자를 살리는 게 아니라 범인을, 그것도 저격수를 체포했다는 기록이었다.

저격수가 살인을 한다는 건 모든 사람들에게 공포다. 특히 가진 사람들에게는 더더욱 공포스러울 수밖에 없다.

왜냐하면 다른 공격 방식과 다르게 지금은 저격수의 공격을 막을 수 있는 방법이 없기 때문이다.

그 사실을 아는 우민주는 분노로 부들부들 떨 수밖에 없었다.

"나한테 어떻게 이럴 수 있어!"

"아니 그게, 수사상의 비밀이잖아요. 오 선배도 이해하셔야지요."

"이해? 이해? 지금 이해라고 했어? 내 머리가 터져 나가도 이해하라는 소리가 나와?"

하지만 검사는 똑같은 소리만 했다.

"이건 수사상의 기밀이에요, 기밀."

언제나 이랬다.

피해자가 위험해도, 검찰은 수사상의 기밀이라는 이유로 그에게 범죄 피해의 가능성에 대해 이야기해 주지 않는다.

우민주는 그 말에 다시 한번 충격을 받았다.

자신이 해 왔던 그 모든 것이 이렇게 돌아올 줄은 몰랐다.

ㅡ민간인이니까 지킨다.

오광훈의 말이 무척이나 뼈아프게 다가왔다.

사이가 안 좋지만 민간인이기에 지키겠다는 오광훈.

민간인이니까 이제는 죽어도 내 알 바 아니라는 검찰.

민간인이 되어서 겪어 보니 두 입장의 큰 차이를 체감할 수밖에 없었다.

"그런데 선배, 온 김에 한 가지만 물어봅시다. 도대체 왜 선배를 노리는 건데요?"

"그건······."

그 질문에 우민주는 아무런 말도 하지 못했다.

그걸 말하는 것은 자기 인생 조지는 꼴밖에 되지 않으니까.

"뭐, 그럴 줄 알았습니다."

그런 우민주를 한참 쳐다보다가 더는 아무것도 묻지 않고 미련 없이 자리에서 일어나는 검사.

"말할 생각이 나면 전화하세요."

그가 떠난 후에도 우민주는 멍하니 한동안 자리에 앉아 있을 수밖에 없었다.

⚖️

"검찰에서 우민주를 지킬 리가 없지. 애초에 검찰에서 진실을 모르는 것도 아니고."

분명 오광훈은 검찰에 조억기가 사건과 관련되었을 가능성이 높다는 이야기를 했다.

하지만 어째서인지 검찰은 조억기에 대한 조사는 하지 않고 저격수에 대해서만 죽어라 파고 있었다.

"도대체 왜 미친 듯이 저격수만 파는 거야? 이미 튀었다면서?"

오광훈은 이해가 안 된다는 듯 고개를 흔들며 말했다.

이미 자신이 아는 모든 것을 검찰에 말했다.

일본을 통해 총기와 저격수를 구했고 저격수는 이미 도주했다. 그리고 이 사건의 배후에는 조억기가 있다.

아무리 사이가 안 좋다지만 이 사건으로 스타 검사 중 한 명인 상원성이 죽었기에 거짓말을 하거나 정보를 감추고 싶지는 않았기 때문이다.

"그래야 사건을 덮을 수 있으니까."

"뭐?"

"저격수를 못 잡는 건 검찰도 알아. 애초에 저격수를 잡는 것 자체가 불가능하다는 걸 아니까 이러는 거야."

그래야 조억기를 건드리지 않고 사건은 미결로 끝낼 수 있으니까.

조억기를 건드리는 건 무섭고, 그렇다고 수사를 하지 않을 수도 없는 일.

그러니까 절대로 해결하지 못할 쪽으로 수사 방향을 잡고 차일피일 시간만 버리고 있다는 소리였다.

"아니, 미친! 검찰이라는 새끼들이 그런다고?"

"검찰에 정의가 어디 있냐? 그냥 룸살롱에서 접대받고 주머니만 두둑하게 채워 주면 눈앞에서 살인이 벌어져도 모른 척하고도 남을걸."

노형진은 피식 웃으며 말했다.

"검찰이 권력 집단이 된 지가 언제인데."

그리고 권력 집단이 가장 두려워하는 건 자신이 죽거나 권력을 잃어버리는 거다.

그러니까 그들 입장에서는, 이 사건이 해결되면 죽을 수도 있으니 절대로 해결되어서는 안 된다는 역설에 걸리게 되는 거다.

"그런데 이렇게 하면 우민주 그년이 과연 진짜 함정이 빠질까?"

"빠질 거야. 우민주는 여자잖아."

"그게 이번 사건이랑 무슨 상관인데?"

"군사적인 경험이 전혀 없다는 거지."

"군사 경험이랑 자기가 저격수에게 노려지는 거랑 무슨 관계야? 진짜 저격수라도 보내려고? 아서라. 그러다 네가 특정되면 좆 된다."

"걱정 마. 그런 짓을 할 리가 없잖아."

노형진은 바보가 아니다. 그런 멍청한 짓으로 검찰에게 자신을 드러낼 생각은 전혀 없다.

"무기만 들고 다니지 않으면 되는 거니까, 후후후."

노형진은 저격수는 보낼 수 없지만 저격수를 대신할 수 있는 뭔가를 알고 있었다.

⚖️

우민주는 일을 하다가 문득문득 드는 두려움에 힐끔거리면서 창밖을 살피는 게 일상이 되었다.

물론 그런다고 해서 안전해지는 건 아니지만 마음 놓고 일에만 집중할 수도 없었다.

더군다나 자신은 이제 검사도 아닌 민간인. 오광훈이 말한대로 '보호 대상'이 아니었다.

당연하게도 저격수는 그녀에게 가장 큰 위협 요소일 수밖에 없었다.

"미치겠네."

물론 혹시나 경호원을 구할 수 있을까 하고 전문 경호 회사에 알아보기도 했다.

하지만 경호 회사의 한계는 명확하게 근접 경호까지만이라고, 저격수의 경우는 근접 경호로 해결이 안 된다고, 더군다나 저격용 소총까지 가진 전문 킬러라면 위험수당까지 포함해서 매일같이 억 단위 돈이 들어갈 거라는 말만 돌아왔다.

그녀가 움직일 때마다 저격 포인트를 미리 수색하고 거기에 있는 사람을 제압해야 하기 때문이다.

거기다 일반 기업이나 주택이라면 접근도 못 하니까 그마저도 절반의 대책일 뿐이라는 말.

그 말에 아무리 두둑하게 받아 둔 게 많은 우민주라도 포기할 수밖에 없었다.

당연하게도 그녀가 할 수 있는 건 일을 하다가도 때때로 창밖을 살피는 것뿐이었다.

그렇게 힐끔, 습관적으로 창밖을 내다보았던 우민주는 순간 흠칫했다.

저 멀리 옥상에서 뭔가가 반짝거리는 게 보였던 것이다.

그게 뭔지 알아차린 우민주는 비명을 지르면서 자리에서 일어났다.

"꺄아아악!"

그리고 책상으로 몸을 날렸다.

비싼 사무실에 전관이랍시고 풍경이 좋은 통유리로 된 사무실이었기에 벽이 총알을 막아 줄 거라고 기대하는 건 어불성설이었다.

그래서 그녀는 다급하게 책상을 넘어가 바로 앞에 있는 소파 너머에 숨었다.

"뭐야?"

"무슨 일이야?"

잠시 후 비명 소리에 놀라 다급하게 달려온 다른 사람들.

그들은 바닥에 엎드려서 바들바들 떨고 있는 우민주를 발견할 수 있었다.

사람들은 그런 우민주를 보며 고개를 갸웃했다.

"우 변호사? 뭐 합니까?"

"저격수…… 저격수……."

"저격수?"

그 말에 창밖을 보는 사람들.

하지만 저격수는커녕 아무것도 보이지 않았다.

"무슨 말을 하는 겁니까? 저격수라니?"

"저격수가 날…… 노리고 있어."

그 말에 다들 묘한 표정이 되어서 우민주를 바라보았다.

하지만 이미 공포에 찌든 우민주는 꼼짝도 못 하고 부들부들 떨 뿐이었다.

"이게 되네."

좀 떨어진 빌딩 옥상.

망원경으로 우민주의 사무실을 바라보던 새론 정보 팀의 직원 한 명이 혀를 내둘렀다.

"오줌 안 쌌을까요?"

"기겁하는 거 보니까 쌌을지도 모르겠는데?"

한 명은 망원경으로 우민주의 사무실을 살피고, 다른 한 명은 강력한 성능의 손전등으로 그녀의 사무실을 비추고 있었다.

물론 강력해 봤자 대낮이기에 아무런 효과도 없겠지만 말이다.

"이 정도만 해도 사람이 오줌 싸고도 남기는 하죠."

노형진의 계획은 간단했다.

진짜로 저격수를 보낼 수는 없으니 저격수가 노리는 것 같다는 느낌을 주자.

그리고 그 방법이 바로 이 손전등이었다.

뭔가가 태양 빛에 반짝이는 걸 보면 반사적으로 저격수가 자신을 노리고 있을 거라고 생각할 수 있다는 것.

실제로 영화 등지에서 저격수를 발견하는 가장 좋은 방법으로 표현되니까.

"그런데 선배님, 진짜 저격수를 이런 식으로 반사되는 빛으로 발견하는 게 가능해요?"

"되겠냐? 군대도 갔다 온 새끼가 그걸 몰라?"

"그게, 저는 그냥 공병대라……. 선배님은 특전사라면서요?"

"턱도 없는 소리야."

저격에 사용되는 렌즈는 작아서, 아무리 각도가 좋아도 저 정도 거리에서 빛의 반사를 알아낼 수는 없다.

그 정도로 눈이 좋으면 렌즈 없이 저격해도 될 만큼 무서운 시력을 가지고 있어야 한다.

더군다나 요즘 렌즈 제작사들은 비반사 처리를 기본으로 한다.

"그건 영화에서나 극적인 요소를 위해 그러는 거지. 뭔 2차대전도 아니고."

2차대전 때에야 비반사 처리 기술도 없었고 저격 소총의 사거리도 짧아서 그런 게 가능했을지 모르지만 지금은 턱도 없는 소리였다.

"헤에, 그러면 저 여자도 나처럼 생각하나 보네요."

"그러겠지."

선배는 바닥을 기어서 밖으로 도망가는 우민주를 보며 찝찝하게 입맛을 다셨다.

만일 누군가 자신을 저격하기 위해 노린다는 사실을 알면 그 사람의 삶은 얼마나 황폐해지고 두려움으로 가득해질까.

'답 없지, 진짜.'

하필이면 그는 특전사 출신이고 심지어 보직이 저격수였다.

그랬기에 제대로 된 저격수 하나 짱박아 두면 부대가 얼마나 큰 공포에 휩싸여서 꼼짝도 못 하는지 알고 있었다.

'하물며 부대도 그런데 자기만 노려진다면 미칠 수밖에 없지.'

그런데 정작 자신들이 들고 있는 건 오로지 손전등과 망원경뿐. 그리고 그걸 사용하는 건 절대 불법이 아니었다.

"자, 가자."

"그냥 가요?"

"밥이나 먹고 오자고. 꼴 보니까 당분간은 안 올 것 같은데."

"네, 선배님."

그는 내려가면서 다시 한번 우민주의 사무실 방향을 돌아보았다.

"쯧쯧."

그러고는 불쌍하다는 듯 혀를 끌끌 찼다.

⚖️

우민주는 자신의 방 안에 숨어 있었다.

언제 어디서 총알이 날아와서 자신의 머리를 박살 낼지 모른다는 두려움은 사람을 미치게 하기 충분했다.

전쟁터의 병사들은 그런 공포감에 PTSD에 시달린다.

하물며 그걸 전투 중에 잠깐 겪은 것도, 다른 전우들과 함께 이겨 낼 수 있는 것도 아닌 우민주는 빠르게 무너졌다.

－우 변호사님, 연락 주세요. 갑자기 기일에 출석을 거부하면 어쩌자는 겁니까?

회사에서는 미친 듯이 연락과 문자가 오고 난리가 났지만 우민주는 꼼짝할 수가 없었다.

처음에는 커튼으로 창문을 막았지만 인터넷에서 열 영상으로도 저격이 가능하다는 글을 본 후로는 아예 공포감에 창문 주변에 있는 벽에 숨는 것 말고는 아무것도 할 수 없었다.

"죽기 싫어, 죽기 싫어……."

처음에는 경찰에 신고하기도 했다.

하지만 경찰은 한두 시간쯤 있다가 출동하더니 의심스러운 지점에 가서 확인해 보고는 아무것도 없다고 했다.

애초에 한국에서 저격이라는 게 말도 안 되는 사건인 데다가 검찰에서 벌어진 저격 사건을 쉬쉬하고 있어서, 진짜로 일어났다는 걸 모르고 있기 때문이다.

새론의 직원들이 한 건 손전등을 비추다가 그녀가 발견한 것 같으면 그냥 움직이는 것뿐이기에 추적하거나 수사하는 것을 계속할 수는 없었다.

결국 우민주가 선택할 수 있는 건 검찰에 전화를 걸어서

도움을 요청하는 것뿐.

하지만 그들의 행동은 예상과 전혀 다르지 않았다.

─저희는 도와드릴 게 없다니까요.

"어떻게 그럴 수 있어! 어떻게 그럴 수 있느냐고!"

─이건 우리 검찰 작전입니다. 그리고 선배 정신병에 왜 우리가 휘둘려야 합니까?

"정신병? 지금 정신병이라고 했어?"

─이미 경찰에 확인해 봤습니다. 벌써 열 번도 넘게 신고했는데 아무것도 없었다면서요? 선배가 피해망상이 발병했는데 우리가 왜 삽질을 해야 해요? 끊어요.

"야! 야!"

우민주는 비명을 질렀지만 이미 통화는 끊어진 상황이었다. 그녀는 핸드폰을 집어 던졌다.

"아악!"

예상은 했다, 아무리 신고해도 도와주지 않는 경찰처럼 검찰 역시 도와주지 않을 거라는 걸.

하지만 버려졌다는 사실을 직접 확인하자 서러움이 몰려오고 두려움이 앞섰다.

이러다가 진짜로 죽을지도 모른다는 공포가 온몸을 짓누르는데 누구에게도 도움을 요청하지 못하는 상황.

"흑흑흑."

한참을 울던 우민주.

그때 문득 어떤 생각이 떠올랐다.

민간인이니까 이제는 보호 대상이라고 말한 남자, 오광훈.

"어쩌면……."

어쩌면 새론이라면 보호해 줄지도 모른다.

어쩌면 그들이라면, 보호해 줄 수 있을 가능성이 있다.

거기까지 생각이 미치자 우민주의 시선은 자연스럽게 핸드폰으로 향했다. 그런데 자신이 욱해서 집어 던진 핸드폰이 하필이면 창문 바로 앞에 떨어져 있었다.

그걸 본 우민주는 순간 고민했다.

하지만 이내 뭔가 결심한 듯 이불을 뒤집어쓰고는 바닥을 후다닥 기어가서 잽싸게 핸드폰을 낚아챘다. 그러고는 바로 자신의 자리에 후다닥 돌아온 다음 재빠르게 전화를 걸었다.

−네, 오광훈 검사입니다.

"나야, 우민주 전 부장검사."

−우민주 선배? 어쩐 일이십니까, 이 시간에?

"혹시 나 도와줄 수 있어?"

−도와 달라니요? 갑자기요?

"죽을 것 같아. 제발 여기로 와 줘."

그녀는 다급하게 자신이 사는 집의 주소를 불렀다.

전화를 끊은 오광훈은 전화기를 바라보면서 미소를 지었다.

"빙고."

드디어 오랜 기다림이 끝나고 추적을 시작할 시간이었다.

마이스터식 추적

　오광훈이 가 보니 우민주는 미친년이라고 해도 누구도 의심하지 않을 상태였다.

　그도 그럴 게, 문을 삼중 사중으로 잠가 두고 창문을 커튼으로 가린 것도 모자라서 커다란 매트리스를 세워 자신의 모습을 가려 둔 채 생활하고 있었기 때문이다.

　"괜찮습니까?"

　"오 검사, 오 검사. 진짜로 나 도와줄 수 있어? 어? 그 범인 잡아 줄 수 있어?"

　"무슨 일 있었습니까?"

　"사실은……."

　그녀는 자신이 겪은 일을 말했다.

이야기를 들은 오광훈은 고개를 끄덕거렸다.

물론 그녀의 고난에 공감해서 그런 게 아니었다.

'진짜 제대로 먹혔네.'

아무리 그녀가 안 좋게 그만뒀다고 해도 검사 출신이다.

그녀는 피해망상에 빠져 자신이 버려져서 이런 신세가 되었다고 생각하는 모양이지만, 사실 검찰과 경찰도 나름 최선을 다했다.

실제로 경찰은 순찰을 늘렸고, 검찰에서도 불시에 사람을 보내서 확인했다. 혹시나 진짜로 저격수가 있으면 잡을 생각이었기 때문이다.

하지만 아무것도 없었다.

그럴 만도 한 게, 두 사람이 각각 망원경과 손전등을 가지고 같이 다니는 데다가 불법적인 장비를 사용한 것도 아니었으니까.

검문이 두 번이나 이루어졌고 그 과정에서 두 사람도 검문당했지만 그들을 의심하는 사람은 아무도 없었다.

"후우, 진짜로 저격수를 배치한 게 사실인가 보네요."

"진짜 그런 것 같지? 그런데 왜 날 안 쏘는 걸까?"

"제 경험상 저격이 쉬운 건 아니거든요. 저격할 때는 바람을 비롯해서 온갖 변수를 다 따져야 하는데 타이밍이 안 좋으면 그걸 잡는 게 쉽지 않아요."

물론 오광훈은 군대에 가 본 적이 없다. 하지만 그럴듯하게 둘러대자 우민주는 격하게 고개를 끄덕거렸다.

"맞아. 나 그날 이후로는 창가 근처에도 안 가고 있어."

"하지만 계속 그럴 수는 없잖아요. 집 안에서만 살 수도 없고."

"그건 그래."

"그러니까 놈을 잡아야지요. 배후를 잡으면 저격수도 굳이 사람을 죽이려고 하지는 않을 거예요."

"저격수는 안 잡고?"

"제가 가진 정보에 따르면 미국계 저격수래요."

그 말에 우민주는 입을 다물었다.

제대로 된 증거도 없이 미국인을 체포하면 미 정부에서 가만히 있지 않기 때문이다.

공권력을 가지고 윽박지르면서 죄를 만들어 내는 거?

그건 어디까지나 만만한 한국인에게나 가능하다.

미국인을 잘못 건드리면 검찰총장이 가서 사과해야 할 정도로 일이 커지기도 하기 때문에 증거도 없이 미국인을 잡을 수는 없다.

문제는 저격수, 그것도 아예 총까지 버리고 가는 놈이라면 절대로 특정할 수가 없다는 거다.

"선배도 아시잖아요, 그런 상황이면 특정을 절대로 못하는 거."

"그거야……."

"화약 잔유물 검사 같은 거야 가면이나 장갑만 쓰고 있으면 흔적도 남지 않을 텐데, 애초에 현장에서 발견된 총에서 지문이나 유전자 하나 안 나온 걸 보면 장갑을 끼고 있었을 게 뻔하죠, 뭐."

그 후에 다른 곳에 장갑을 벗어 던지고 가 버리면 정말로 특정을 못 한다.

한국 검찰은 이런 사건에 대해 전혀 경험이 없으니까.

"거기다 그런 경우는 타이밍이 늦으면······."

당신이 죽을 수도 있다는 말을 삼키며 우민주를 가만히 바라보는 오광훈. 하지만 우민주는 절대로 당하고만 있을 수 없었다.

"그러니까 주범을 잡아야 해요."

"주범······."

"네. 이 사건의 주범에 대한 진실, 그걸 말해 주세요."

"그게······."

"그러지 않으면 저도 못 도와드려요. 주범이 잡히면 자신도 잡혀갈 수 있으니 그 저격수 놈은 미국으로 돌아갈 거예요."

그 말에 우민주는 퀭한 얼굴로 더듬더듬 사실을 말하기 시작했다.

⚖

"네 예상이 맞더라."

오광훈은 노형진에게 사실을 전하면서 긴 한숨을 내쉬었다.

"조억기가 그 나이트클럽에서 나오고 난 후에, 남자를 물에 빠트려 죽였단다."

처음에는 그냥 헤어지려고 했다고 한다. 실제로 현장에 있던 CCTV에도 각자 다른 방향으로 떠나는 두 사람의 모습이 찍혔다고.

그리고 법원도 그걸 근거로 살인은 없었다고 판단했고 말이다.

"하지만 진실은 좀 다르대."

그날 조억기는 화가 머리끝까지 나서 그 커플을 뒤쫓았다고 한다.

그리고 커플이 바다에 다다르자 뒤에서 기습해 남자를 무력화한 뒤 바다에 집어 던졌다는 것.

이미 기절한 남자는 바다에서 빠져나오지 못하고 그대로 익사했고, 그걸 본 여자는 공포심에 도주했다고.

"아니, 그걸 여자가 두고 본 거야?"

"그게 더 웃긴 건데."

"뭐가?"

"그 정도로 돈 있는 새끼가 혼자 술 처먹고 다니겠냐?"

"아니……겠지?"

"그래. 그날 운전기사가 같이 있었대."

"운전기사?"

"그게 문제였어."

조억기는 자기가 남자를 때려서 기절시키고 바다로 집어 던지는 동안 운전기사더러 여자를 잡고 있으라고 지시했다고 한다.

운전기사는 설마 진짜로 사람을 죽일 거라는 생각은 못 했는지 어쩔 수 없이 시키는 대로 했는데, 진짜로 사람을 죽여 버리자 놀라서 손아귀에 힘이 빠졌고 그 틈에 여자가 도망간 것이다.

"그리고 다음 날 술이 깨자 아차 싶었던 모양이야."

"단순한 술 문제가 아닌 것 같은데."

"아마도 그렇겠지."

아무리 술에 취했다고 해도 그렇게까지 판단력이 사라질 가능성은 높지 않다.

그 정도로 술을 마셨다면 건장한 남성을 제압하기는커녕 처맞지나 않은 게 다행이어야 정상이다.

"검사는 안 했으니까 모르겠지만 마약이나 뭐 그런 거였겠지."

"음……."

"어찌 되었건 그 후에는 네가 말한 대로야."

'이대로 있다가는 좆 되겠구나.'라고 생각한 조억기는 선을 이용해서 킬러를 구했고, 그 킬러가 그 여자를 죽여 버린 것.

"그러면 그 운전기사는?"

"그게 문제야. 우민주 말로는 실종이라던데."

"실종?"

"그래."

"실종이라……. 죽였겠네."

그 여자야 외부인이라 불러내기가 쉽지 않으니 킬러를 이용하는 게 최선이었겠지만, 운전기사는 그런 상황에서도 계속 시키는 대로 한 충성파이니 처리하기도 수월했을 것이다.

"잔인한 인간이네."

"조억기 그 새끼가 그렇기는 해."

심지어 창동그룹 내에서도 흉악한 놈이라는 소문이 파다하다.

막말로 창동이 전라남도에서 막강한 권력을 가지고 있지 않았다면 망해도 수십 번은 망했어야 하는 인성의 소유자라고.

"우민주는 그 사건을 맡았을 때 회유당한 모양이야."

"회유도 회유겠지만 두렵기도 했겠지."

충성파인 운전기사도 입막음을 위해 죽이는 인간이 과연 무섭지 않을까?

물론 검사로서 정의감을 가지고 있었다면 싸워서 체포하고 사형을 구형했겠지만 우민주는 딱히 그런 사람도 아니었다.

더군다나 조억기는 재벌가의 후계자.

그런 사람과 싸우기 위해서는 재벌 자체와 싸워야 한다.

"문제는 이 경우에 검찰이 뭘 할지 그녀도 안다는 거지."

노형진은 쓰게 웃으며 말했다.

분명 오광훈은 검찰에 조억기가 의심스럽다고 이야기했다.

그럼에도 불구하고, 심지어 자신들이 정한 신성불가침의 영역인 검사를 건드리면 보복한다는 금기에 해당됨에도 불구하고 검찰은 눈을 감고 귀를 막은 채 악악거리면서 어떻게 해서든 아무것도 모른 척 넘어가기 위해 최선을 다하고 있다.

"절대 혼자서는 못 이기는 싸움이니까."

검찰이 나서서 싸운다면 절대 지지 않겠지만 애초에 검찰이 그럴 리가 없다.

"그래, 그래서 묻어 버린 모양이야."

"끄응, 그래서 상원성을 죽인 거군. 그것도 급하게."

상원성은 스타 검사다. 그리고 스타 검사 중에는 신념이 확실한 사람들이 많다. 애초에 제대로 일하기 위해 노력하는 사람만 받았기 때문이다.

"더군다나 뒤에 새론하고 마이스터가 있으니 얼마든지 해 볼 만하니까."

"해볼 만한 정도가 아니지."

노형진은 쓰게 웃었다.

창동 정도라면 충분히 새론과 마이스터의 힘으로 제압할 수 있다.

"그러니까 상원성 검사도 적극적으로 수사에 임했을 테고."

애초에 그런 신념을 가진 검사들이 스타 검사가 되는 이유는 간단하다.

외압에 굴하지 않고 제대로 정의를 지키기 위해서는 스스로에게도 지킬 힘이 있어야 한다는 걸 알기 때문이다.

"그러면 이걸 가지고 검찰에 가면 되나?"

"아니."

"왜?"

노형진의 말에 오광훈은 고개를 갸웃했다.

"이 정도 확실한 증언이 나왔는데?"

"그게 문제야. 고작 그걸로 검찰이 창동그룹과 조억기를 조사할 리가 없지."

"아니, 강력한 증언이잖아!"

"전이라면 그랬지. 하지만 이제는 아니야."

"뭐라고?"

"법원에서도 이제는 우민주가 미친년이라고 판단할 테고."

"아니, 그게 무슨 말이야? 얼마 전까지만 해도 부장검사…… 아차!"

그제야 오광훈은 뭐가 문제인지 알아차렸다.

지난 시간 그녀는 누가 봐도 정신적으로 불안정한 모습을 보여 왔다.

당장 오광훈조차도 그녀를 만나자마자 정신이 불안정하다는 걸 느낀 상황이다.

심각한 피해망상에, 그걸 증명할 검사들이나 경찰들 그리고 동료 변호사들도 많다.

"아무리 판사가 중립적이라고 해도 그런 사람이 한 증언의 효력을 인정하지는 못하지."

"이런 씨팔."

오광훈은 아차 싶었다.

그도 그럴 게 자신들이 진실을 알기 위해 우민주를 압박했는데 정작 그 행동이 설마 사건을 덮는 결정적인 원인이 될 줄은 몰랐기 때문이다.

"그러면 어쩌지? 그럼 이 상황에서 사건을 조사할 방법이 없잖아."

사건을 덮은 사람이 다른 사람도 아닌 검사다. 더군다나 아주 오래전 사건의 증거가 남아 있을 리가 없다.

어설픈 증거는 도리어 창동그룹과 조억기에 의해 뒤집어질 테고, 잘못하면 죄를 뒤집어씌운다는 오해를 받을 수도 있다.

"그러면 증거도 없고 증언도 없고?"

"그렇지."

"환장하겠네."

이런 상황이라면 아무리 오광훈이라고 해도 해결책이 없다. 오광훈은 눈을 찡그렸다.

"그러니까 우리가 힘을 써야지."

"힘?"

"스타 검사의 가장 핵심이 뭐야?"

"뭐긴. 마이스터의 지원이겠지."

"그래, 그렇지. 그런데 우리가 지원해 줬던가?"

"그러니까…… 어?"

그 말에 오광훈은 아차 싶었다.

실제로 오랜 시간 그런 이미지가 만들어졌고, 다들 지원해 줄 거라 생각한다. 하지만 지금까지는 한 번도 그런 적이 없었다.

"애초에 말이야, 우리가 지원하면 어떻게 되겠어?"

"그러겠네?"

만일 마이스터가 지원해 줬다면 아마 다른 파벌에서 그걸로 신나게 물어뜯었을 것이다.

검사가 특정 세력과 손잡고 판단을 좌지우지하는 건 명백하게 불법인데, 조용히 뒤에서 돈을 받거나 은밀하게 권력의 비호를 받는 검찰의 다른 세력과 달리 스타 검사는 대놓고 외부에 자신들의 존재감을 어필하기 때문이다.

"그럼에도 불구하고 우리한테 손대지 못한 이유는 이미지만 그랬을 뿐 실제로 도와준 적은 없기 때문이야."

"알아서 기어 왔다 이건가?"

"맞아."

지금까지는 그것만으로도 충분했다.

하지만 이제는 그럴 수가 없게 되었다.

왜냐하면 스타 검사가 죽었기 때문이다.

그것도 저격수에게 살해당했다.

그런데도 그걸 지켜보기만 한다면 어떻게 될까?

당연히 기존의 규칙이 깨진다. 당연하게도 스타 검사의 힘이 빠질 수밖에 없다.

"그러면 어쩌려고? 아니 내 말은, 이건 엄밀하게 말하면 검찰도 피해자란 말이지."

검찰에서 뭔가 보복하라고 하는 게 아니다.

물론 사건을 덮으려고 하는 건 사실이지만 어찌 되었건 피해자가 검사인 이상 현실적으로 검찰도 피해자라고 볼 수밖에 없다.

"그러니까 검찰에 보복한다고 해도 의미가 없는데?"

"어, 물론 의미가 없기는 하지. 하지만 다른 건 가능하지."

"다른 거?"

"그래, 가령 현상금을 건다거나."

"현상금? 무슨 현상금? 설마 조억기한테 현상금을 건다고? 아니, 그건 무리일 텐데."

아무리 살인자로 의심받는 놈이라지만 증거도 증언도 없이 이쪽에서 현상금을 걸어 버리면 심각한 논란이 될 수밖에 없다.

"내가 현상금을 걸 사람은 조억기가 아니야."

"그러면?"

"조억기가 고용한 사람이지."

"아니, 누군지 모른다며?"

그 말에 노형진은 어깨를 으쓱했다.

"모르지. 하지만 그게 무슨 의미가 있어? 어딜 가나 소문이라는 게 있는 법인데. 그리고 중요한 건 나도 걸지만 다른 사람도 걸 거라는 거야."

그 말이, 오광훈은 이해가 되지 않았다.

노형진만이 아니라 다른 사람도 현상금을 걸 거라니.

"기다려 봐. 마이스터식 복수가 뭔지 보여 줄 테니까, 후후후."

⚖️

마이스터에서 상원성을 죽인 킬러에게 현상금을 걸었다.

그건 예상할 수 있는 일이었다. 상원성은 스타 검사였고, 또 마이스터가 스타 검사를 지원해 주고 있는 건 딱히 비밀도 아니었으니까.

"현상금이 무려 10억이라면서?"

"그런데 범인이 누군지는 알고?"

"알겠냐? 알면 벌써 체포했겠지."

검찰청 내부 자판기 앞에서 직원들은 이슈가 된 이야기를 떠들고 있었다.

"진짜로 마이스터에서 10억이나 걸 정도라면 단단히 빡친 모양인데?"

"그런데 누군지 모르잖아."

마침 그 옆을 지나가던 오광훈이 떠들고 있는 직원들에게 한 소리 했다.

"일 안 하고 뭐 해? 점심시간 끝났잖아. 근무시간이야."

"아, 오 검사님. 이번에 마이스터에서 현상금 건 것 때문에요."

"그거 때문에 언론에서도 난리가 났잖아요."

지금까지 검찰은 언론의 협조를 받아 검사가 저격당해서 죽었다는 걸 감추고 있었다.

그런데 갑자기 마이스터에서 검사를 저격한 놈에게 10억 이라는 돈을 걸어 버리면서 감출 수가 없게 된 것이다.

당연히 언론은 검찰의 요청에도 불구하고 가운뎃손가락을 세우면서 저격 사실을 사방에 떠들고 다녔다.

"혹시 아는 거 있으세요?"

"없어."

"에이, 스타 검사의 대빵이 모른다는 게 말이 됩니까?"

"뭐, 내가 다 아는 건 말이 되나? 그게 내 돈이야?"

"그건 그렇지만……."

"허튼소리 할 시간 있으면 당장 일이나 시작해."

"네, 네."

고개를 끄덕거리는 사람들.

궁금하기는 했지만 굳이 파고들 정도는 아니었다.

그도 그럴 게 마이스터가 스타 검사들을 밀어주고 있다는 건 딱히 비밀도 아니었고, 진짜 현상금을 건다고 해도 범인이 누군지 모르는 상황에서 체포한다는 것 자체가 불가능했기 때문이다.

"아깝네. 체포만 하면 10억인데."

"아까워."

다들 그렇게만 생각했다. 잡힐 리가 없다고.

애초에 누군지도 몰라 잡을 수도 없다. 그런데 저격까지 하는 킬러를 산 채로 잡아 오면 10억이라니. 터무니없이 위험한 일이었다.

"뭐, 운 좋으면 잡히겠지."

오광훈은 그렇게 말하면서 제자리로 돌아갔다.

하지만 머릿속에서는 여전히 의문점이 남아 있었다.

'그쪽에서 먼저 접근할 거라니, 그게 무슨 말이지?'

여전히 알 수 없는 이야기였다.

⚖️

그리고 그 시각, 상원성을 암살한 저격수인 안토노프는 하루토에게 길길이 성을 내고 있었다.

하루토는 바보가 아니다. 실제로 노형진에게는 킬러가 미국 출신인 것처럼 설명했지만 사실 킬러는 미국이 아닌 러시아 출신이었다.

무기 자체는 미국제가 맞지만 어느 정도 연습을 하면 러시아 출신 저격수가 미제 무기를 쓰는 건 힘든 일이 아니니까.

더군다나 미제 저격 소총은 성능이 좋아서 훈련 시간도 그다지 오래 걸리지 않았다.

하지만 지금 안토노프는 진심으로 흥분해서 당장이라도 하루토를 죽일 듯이 길길이 날뛰고 있었다.

"하루토, 지금 나한테 무슨 짓을 한 거야! 현상금이라고? 나한테 현상금이라고?"

"아니, 내가 건 게 아니잖아. 일이 이 지경이 될 거라고 누가 예상이나 했겠어."

"씨팔. 알아서 걸렀어야지!"

"그 새끼들이 그런 새끼들인 줄 알았느냐고!"

"마이스터는 그렇다고 쳐. 그런데 의뢰인은 미친 거야?"

"젠장."

물론 노형진도 하루토가 거짓말하고 있다는 것쯤은 예상하고 있었다.

어차피 그녀가 한 말을 노형진이 입증할 수도 없으니 거짓말을 하는 건 어찌 보면 당연한 일.

그랬기에 하루토가 거짓말을 해도 소용없는 방식을 선택했다. 그건 바로 현상금.

물론 마이스터에서 현상금을 10억 걸었다. 하지만 그것 외에도 다른 방식으로 또 다른 현상금을 건 것이다.

무려 익명으로 30억. 조건은 안토노프를 죽이는 것.

정확하게는 안토노프가 아니라 상원성 검사를 죽인 킬러를 죽이는 조건으로 30억을 주는 것이었다.

그리고 그 사실을 들은 안토노프는 30억의 현상금을 익명으로 건 사람이 의뢰인인 조억기라 확신하고 눈깔이 뒤집혀버렸다.

"이년아, 똑바로 말해!"

"똑바로 말하고 있잖아. 내가 입을 털었다면 네가 아직도 살아 있을 것 같아?"

"후우~ 씨팔."

이 바닥에서 신용은 중요하다. 그랬기에 하루토는 절대로 입을 열지 않았다. 그랬기에 당당했다.

그리고 그 사실을 알기에 안토노프 역시 수긍할 수밖에 없었다.

"상황 진짜 좆같네, 진짜."

하루토의 말대로 그녀가 입을 털었으면 자신은 이미 죽어도 벌써 죽었어야 했다.

"도대체 왜 일이 이딴 식으로 굴러가는 거야? 아니, 별문제 없을 거라며? 흔적도 없고."

"그게, 나도 한국에서 정보를 얻었는데…….."

"정보? 어디서?"

"마이스터."

그 순간 안토노프의 눈에서 빛이 번쩍거렸다.

그걸 본 하루토는 재빠르게 말을 이었다.

"오해는 하지 마. 정보를 제공한 게 아니라 그놈들을 속여서 받아 낸 거야."

"확실해?"

"나랑 한두 해 거래해? 그리고 너랑 엮인 걸 놈들이 알면 나도 죽어. 왜 내 말을 못 믿어?"

"그건 그렇지."

무려 30억이다. 한탕만 하면 완벽하게 이 위험한 바닥을 은퇴할 수 있는 돈.

그 돈을 벌기 위해 하루토를 납치해서 고문할 놈들이 넘쳐난다.

더군다나 하루토는 여자라 더욱 더럽게 죽을 게 뻔하기에 절대로 입을 열지 않고 있었다.

"젠장. 그래도 시간문제인데."

문제는 하루토가 입을 열지 않아도 이 바닥에서 영원한 비밀은 없다는 거다.

시간이 지나서 누군가 안토노프가 비행기를 탄 걸 알면 그를 죽이려고 미친 듯이 달려들 텐데, 아무리 안토노프라고 해도 수십 수백 명의 킬러들을 상대로 목숨을 부지하지는 못한다.

"그래서 그 정보라는 게 뭔데?"

"너한테 일을 맡긴 놈들 말이야. 그거, 꼬리 자르려고 맡긴 거래."

"꼬리 자르기?"

"그래, 일을 한 후에 꼬리 자르는 게 그 새끼들 특징인가 봐."

그 말에 안토노프는 바로 상황을 알아차렸다.

"이런 씨팔, 개 같은 새끼들이 내 뒤통수를 까?"

자신에게 꼬리 자르기를 시키려고 살인을 청부했다는 건 역시 자신도 죽여서 꼬리 자르기를 할 거라는 소리였다.

"하루토 이 개 같은 년이 나한테 이따위 일을 시켜?"

"나도 몰랐다니까! 알았다면 내가 시켰겠냐고! 나도 위험하다고!"

"그런데 마이스터는 도대체 왜 여기에 끼어든 건데?"

"네가 죽인 검사가 마이스터에서 보호하던 검사였나 봐."

그러니까 보복을 위해서라도, 그리고 다른 스타 검사를 위해서라도 뭔가를 해야 한다는 거다.

"그리고 진범도 잡기야 하니까 너를 산 채로 잡아 오라고 현상금을 건 거고."

"젠장. 빌어먹을."

그것만 해도 부담스러운데 정작 그를 고용한 조억기는 자신이 체포당할 걸 두려워해서 무려 30억이나 현상금을 건 거다. 거기다가 무려 무조건 죽이라는 조건을 붙여서.

"하루토 너 어쩔 거야?"

"나한테 뭐라고 해도…….."

하루토도 미칠 것 같았다.

'망할. 그 새끼 의뢰를 받아들이는 게 아니었는데.'

처음 사건을 받을 때 감이 싸늘하기는 했다.

한국에서 저격이라니. 그건 너무 티가 나는 방법이 아닌가?

하지만 돈을 주고 고용하겠다고 하니 어쩔 수가 없었다.

그런데 이제 와서 죽이려고 한다?

"나도 미치겠다고. 그 새끼들이 나한테 말했겠냐고. 나라고 안전한 줄 알아?"

하루토 입장에서는 날벼락이나 다름없다.

물론 위험부담을 안고 하는 일이기는 하지만 이 정도로 일이 커진 건 처음이었다.

"빌어먹을. 지금 분위기는 어때?"

"장난 아니야. 지금 킬러들이 너를 찾아내기 위해 혈안이 되어 있어."

그리고 그들은 하루토가 일을 맡겼다는 사실에 점점 더 가까워지고 있다. 그랬기에 하루토는 불안했다.

'이게 무슨 날벼락이야.'

그들이 그 사실을 알면 자신은 잔인한 고문을 받는 것이 확정된다. 그걸 해결하는 방법은 단 하나. 현상금이 취소되는 것뿐이다.

문제는 현상금을 취소한 방법이 없다는 거다.

"무슨 영화도 아니고."

안토노프는 기가 막혔다.

과거에 자녀를 납치해서 인질극을 벌이는 납치범의 목에

현상금을 거는 영화를 본 적이 있는데 지금이 딱 그런 상황이었으니까.

어떻게 해서든 벗어나야 하는데 방법이 없다.

"혹시 말이야, 그 마이스터와 접촉 가능해?"

"갑자기 왜? 자수하려고?"

"그게 뭔 개소리야? 내가 미쳤어?"

사람을 죽여 놓고 자수하면 자신은 죽는다.

심지어 자신은 러시아인.

러시아의 특성상 자신의 신병을 한국에 넘기는 게 아니라 자체 처벌할 텐데, 사형해 준다면 그나마 자비를 베푸는 거고 최악의 경우 그 악명 높은 흑돌고래 교도소로 보내질 수도 있다.

죄수들이 흑돌고래 교도소에 가느니 차라리 죽여 달라고 빈다는 바로 그곳.

깨끗한 지옥. 죽을 수도 없이 천천히 정신과 영혼이 망가지는 지옥이 바로 흑돌고래 교도소다.

아무리 신심이 강한 테러리스트도 잔인한 살인마도, 그곳에 들어가면 제발 죽여 달라고 빈다는 그곳.

'절대 거기에는 갈 수 없어.'

그랬기에 차라리 안토노프는 협상하고 싶었다.

"차라리 협상해서 의뢰인을 치워 버리는 게 나을 것 같은데."

"의뢰인을? 그건 계약 위반인데?"

"씨팔. 먼저 뒤통수 친 게 누군데?"

자신에게 현상금이 걸리니까 혹시나 자기가 잡힐까 봐 처분하려고 하는 놈이다. 그런 놈과의 약속을 지킬 이유는 없다.

"어차피 마이스터는 진범을 잡기 위해 나를 잡으려고 하는 거라면서?"

"그렇지."

"그러면 내가 진범에 대해 알려 주고 그 새끼를 조지면 현상금은 바로 사라지는 거 아니야."

"확실히 그렇기는 하겠지."

범인이 특정되었는데 군이 10억의 현상금을 계속 걸 이유는 없다. 애초에 그걸 원해서 산 채로 데리고 오라는 조건을 걸었을 테니까.

"그리고 의뢰인 새끼가 조져졌는데 나나 너를 죽인다고 해서 누가 돈을 주겠어?"

"그것도 그러네."

"그러니까 우리가 차라리 선빵을 치자 이거야."

그 말에 하루토는 고민했다.

하지만 고민하는 시간은 짧았다. 실제로 그게 가장 좋은 방법이었으니까.

"하지만 쉽지는 않을 텐데."

"뭐? 왜?"

"직접 선이 닿은 것도 아니고 나도 한국인 브로커를 통한 거라. 그 새끼가 선을 놔줄지 모르겠어."

"한번 시도나 해 봐. 손해 보는 건 없으니까."

"선택의 여지가 없네."

하루토는 결국 인정할 수밖에 없었다.

안토노프의 말대로 하는 것이 자신들이 살 가능성이 가장 높다는 사실을 말이다.

"그러니까 나보고 마이스터랑 중재해 달라고?"

남상진은 자신에게 전화한 하루토의 말에 어이가 없어져서 다시 한번 물었다.

－그 정도는 해 줄 수 있잖아요? 같이 일하기로 한 사이에.

"하지만 네가 빠지면 나는 더 많이 먹겠지."

－…….

그 말에 하루토는 아무런 말도 하지 못하고 침묵만을 지켰다.

침묵이 오래가자 남상진은 피식하고 웃으며 말했다.

"뭐, 내가 혼자 먹기에는 너무 크긴 하지만."

－원하는 게 뭐예요?

"빚으로 달아 두도록 하지. 딱히 원하는 건 없거든."

－그게 더 불편한데. 차라리 돈으로 퉁치죠.

"나 돈 많아."

그 말에 하루토가 짜증 났는지 다시금 침묵을 지켰다.

하지만 그녀에게는 선택의 여지가 없었다.

실제로 돈으로 대가를 치르기에는 남상진은 이미 돈이 많을뿐더러, 마이스터의 말대로라면 이제 비교도 못 할 정도의 돈을 벌게 될 것이기 때문이다.

-알았어요. 달아 둘게요. 젠장.

이 바닥에서는 그냥 입으로만 달아 두는 게 아니라 나중에 진짜로 갚아야 한다. 신용이 전부인 바닥이니까.

그래서 신용 때문에 안토노프에 대해 말하지 않았던 것이 아닌가?

"그래서 뭘 원하는데?"

-우리에게 현상금이 걸렸어요.

"아, 10억? 그거 취소해 달라고?"

-그건 문제가 아니에요. 우리한테 의뢰한 놈이 우리 목에 30억을 걸었다는 게 문제지.

"뭐?"

그건 남상진도 모르던 사실이었기에 깜짝 놀랐다.

'하긴, 한국은 청부 시장이 워낙 작으니까.'

거기다가 일본에서 생긴 일이라면 자신이 못 들었을 수도 있다.

-이대로라면 우리는 위험해요.

"왜 너희한테 30억을 건 거야?"

-현상금 10억이 걸리니까 우리가 그쪽에 잡혀서 입을 나

불거릴지도 모른다고 생각했나 봐요. 그리고…… 알잖아요.

"그렇지. 알지."

사건 자체가 나중에 뒤가 켕기는 걸 막기 위해 뒷정리를 하려는 목적으로 이루어진 일이다.

당연하게도 자기들이 위험하다고 생각하자 이쪽도 처분하겠다고 나선 거고 말이다.

−우리가 그냥 당할 수는 없잖아요?

"그건 그렇지."

−그러니까 그쪽에 우리 말 좀 전해 줘요. 우리가 출두는 못 해도 정보는 제공하겠다고.

"그러도록 하지."

"정보를 제공한다고?"

노형진은 모른 척하면서 남상진의 말을 들었다.

"그러겠다고 하겠다는군."

"뭐, 필요 있을까 싶네."

"하긴, 자신들을 드러내지도 않고 정보만 제공한다고 하면 그걸 누가 믿겠어?"

자신을 특정할 수 있는 모든 자료, 즉 모습이나 위치 그리고 어떤 식으로 행동했는지에 대한 자료는 모두 빼고 오로지 의뢰인이 누군지에 대해서만 말하겠다는데 그걸로 범죄를 증명하는 것은 불가능하다.

당연히 아무리 떠들어 봐야 범인은 처벌받지 않는다.

"그렇다고 해서 자기들을 공개하라고 하면 하겠어?"

"안 하지. 미쳤어?"

그랬다가는 진짜로 모가지가 날아갈 테니까.

"그런 애매한 걸로는 아무것도 못 하는데."

"좀 봐주지?"

"뭘?"

"다른 놈도 아닌 네게 방법이 없을 리가 없잖아."

남상진의 말에 노형진은 피식하고 웃었다.

사실 이미 알고 있다. 그리고 방법도 알고 있다.

"너야말로 의외네. 하루토가 빠지면 네가 돈을 더 먹을 수 있는 거 아니야?"

"사실 그건 틀린 말이지. 하루토가 빠지면 자금 확보가 애매해지거든. 일본이 군사 무기 가격은 개판이지만 돈 많은 놈들은 엄청 많으니까."

"무슨 소리인지 알겠네."

남상진의 능력이 아무리 뛰어나도 동원할 수 있는 자금에는 결국 한계가 있다. 그러니 외부에서 자본을 융통하려면 일본이 최적인 것이다.

"러시아나 중국에서 돈을 확보하는 건 병신 짓이고, 유럽이나 미국은 이 계획을 흘리는 순간 도리어 내가 먹히겠지."

그들의 자금력은 한국이라는 작은 나라의 브로커가 감당하기에는 너무 크니까.

"난 그쪽에서 던져 주는 부스러기만 먹고 떨어질 생각은 없거든."

"그러니까 일본에서 당겨 오시겠다?"

"돈은 많은데 그 돈을 어디다 써야 하는지 고민하는 놈들이 많은 게 일본이라서 말이지."

그 말에 노형진은 고개를 끄덕거렸다.

확실히 일본은 드러나지 않았을 뿐 극단적 빈익빈 부익부의 나라다.

"좋아. 그런 거라면 나도 손해는 아니니까 방법을 하나 제시하지."

"무슨 방법?"

"유튜브에 영상을 올려. 우리가 요구하는 내용을 포함해서."

"그게 가능하리라고 생각해?"

"얼굴 가리고 목소리 변조해서 영상 제작한 다음 계정 가짜로 하나 파고 IP 우회해서 업로드하는 게 불가능한 건 아니잖아."

"그게 아무런 효과도 없다는 건 알지?"

그렇게 공개해 봐야 법적으로 증거가 되지 않는다. 그냥 어디 관심 종자가 떠든 거라 생각할 거다.

"걱정하지 마. 그다음은 다 준비되어 있으니까."

"내 이럴 줄 알았지."

그 말에 남상진은 쓰게 웃었다. 예상했다는 듯이 말이다.

"좋아. 언제 올릴까?"

"가능하면 빨리 올려. 그러면 우리가 해결하도록 하지."

그리고 그 영상이 올라오는 날, 노형진은 모든 걸 뒤집을 생각이었다.

유튜브에 하나의 영상이 올라왔다.

영상 자체는 사실 그다지 볼 것도 없었다. 왜냐하면 거기에 등장한 사람은 모자와 가면을 쓰고 심지어 조도까지 낮춰서 얼굴이 거의 보이지 않았으니까.

거기다가 목소리는 아예 기계음으로 대체했다.

누가 봐도 알아볼 수 없는 수준의 영상.

그랬기에 영상 자체만 보면 한 명도 안 볼 듯한 그런 영상이었다.

하지만 그 내용은 대한민국에 파란을 일으킬 만한 것이었다. 바로……

-이번에 한국에서 벌어진 검사 저격 사건의 범인은 나입니다.

라는 이야기.

물론 세상에 관종은 넘치니 이 말만으로 사실이라고 믿어 줄 수는 없다.

하지만 이어지는 자세한 정보들은, 그가 범인이라는 확신을 하게 만들기에 충분했다.

언론에 나가지 않은 건물 위치, 저격 포인트, 사용된 총기류에 관련된 정보들. 모든 게 일반인은 알지 못하도록 철저하게 비밀에 부쳐진 것이었다.

그것만으로도 충격적인데 그다음에 나온 말은 더 충격적이었다.

−저격한 이유는 인천에서 벌어진 살인 사건을 덮기 위해섭니다. 그 검사 놈이 너무 깊이 팠어요. 그래서 그놈에 대한 처분 결정이 내려진 거지요.

사실 이들은 그런 사실에 대해 알지 못한다.

알 수가 없다. 애초에 이들은 돈만 받으면 누구든 죽여 주는 놈들이지, 이제는 한국 검찰이나 경찰도 잊어버린 수십 년 전 사건에 관심을 가지는 놈들이 아니니까.

그랬기에 노형진이 내건 조건이 바로 자신이 전해 준 내용을 유투브에서 공개하는 것이었다.

-그 사건의 범인이 누구인지는 모릅니다. 하지만 그 당시에 네 사람이 죽었습니다. 피해자인 남자와 증인이었던 여자 그리고 살인자의 운전기사였던 남자. 운전기사였던 남자는 시체도 못 찾았다고 하더군요. 그리고 마지막으로, 증인을 죽인 부천 광천파의 화우민이라는 사람입니다.

　담담하게 이어지는 증언.
　물론 그 사건에 대해 모르는 사람은 그게 어떤 사건인지도 모를 것이다. 하지만 그걸 아는 사람이 있었다.

　-그 당시에 사건을 담당한 검사는 우민주 검사였다고 합니다. 그리고 우민주 검사는 누군가의 공격으로 지금 반쯤 미쳐 가고 있다고 들었습니다. 상원성 검사는 우민주 검사의 뒤를 이어서 사건을 파다가 저에게 살해당했습니다.

　그것만 해도 심각한 일인데 그다음 말은 사람들이 받은 충격의 규모를 더더욱 키웠다.

　-그리고 이번에는 제 입을 다물게 하기 위해 저를 죽이는 사람에게 30억이라는 현상금을 주겠다고 했다더군요. 창동그룹 조억기 회장, 내가 진짜 이렇게 쉽게 죽을 거라 생각했나? 웃기는군. 같이 죽자, 개 같은 새끼야.

그렇게 끝난 그의 증언은 빠르게 인터넷상에 퍼졌다.

물론 정상적인 상황이라면 그렇게 빨리 퍼지지는 않았을 것이다. 갓 개설된 채널의 첫 영상이니까.

하지만 노형진은 그 영상이 올라오기를 기다리고 있었고 재빠르게 그걸 옮겼다.

얼마 지나지 않아 한국뿐만 아니라 전 세계가 난리가 났다.

킬러에 의한 살인은 흔하게 벌어지지만 그 킬러를 죽이려 하다가 도리어 역습당한 건 처음이니까.

당연하게도 창동은 빠르게 움직였다.

"아무리 빨리 움직여도 뭐 하나."

노형진은 빠르게 내려간 영상을 보면서 피식 웃었다.

사정이 어찌 되었건 범죄와 연관된 영상이기에 창동그룹의 항의에 유투브는 그걸 내릴 수밖에 없었지만, 이미 노형진을 비롯해서 수천수만 명이 내려받아서 다른 곳에 뿌리고 있었다.

"와, 이렇게 되네?"

"아무리 창동이라고 해도 이걸 다 막지는 못할 거야."

"그러면 우민주를 조지기 전에 그냥 먼저 이런 식으로 공개했으면 편했잖아?"

오광훈은 노형진의 말에 고개를 갸웃했다. 딱히 우민주가 필요해 보이지는 않았으니까.

물론 노형진도 그쪽이 더 쉽다는 건 알고 있었다.

"물론 그렇지. 하지만 말이야, 아무리 저들이 자세히 이야

기한다고 해도 증거가 없잖아. 얼굴도, 목소리도, 심지어 IP
도 특정 못 하는데 그가 범인이라는 증거가 있겠어?"

"그건 그렇지."

"현실적으로 추적도 불가능할 테고."

한국도 아니고 해외 IP로 올라온 영상이다.

그리고 킬러들이나 브로커들이 바보도 아니고, 분명 온갖
방법을 써서 어디 아프리카나 홍콩 등지로 IP도 속였을 테니
추격은 불가능할 거다.

"그러면 그냥 가짜라는 이야기가 나오겠지?"

"나오겠지가 아니라 이미 나왔다."

창동그룹은 말도 안 되는 조작이라고 주장하고 있으며, 전
라남도의 지역 언론에서는 그들에게서 돈을 받고 음해라고
신나게 뉴스를 내보내고 있었다.

"그렇지. 추가 증거가 없으면 그렇겠지."

"추가 증거? 아하!"

"그래, 추가 증거. 우리에게는 바로 그 추가 증거가 있어."

'우민주'라는 추가 증거가 말이다.

노형진이 단순히 우민주가 부패한 검사라서 공격한 게 아
니다. 아무리 그래도 이건 한 개인, 나아가 한 기업의 미래가
휘청거릴 정도의 사건이다. 그러니 단순히 의혹만으로 사건
을 처리할 수는 없었다.

더군다나 진짜로 증거가 없으면 의혹이 제기돼도 그걸로

끝난다.

"본래 사건을 담당했던 검사는 누군가의 공격으로 미쳐 가고 있고, 그 후임으로 사건을 넘겨받은 검사는 저격수에게 살해당했어. 그걸 보면서 사람들이 뭐라고 생각하겠어?"

"그거야…… 그러네. 정말로 사건을 덮기 위해 뭔가 벌어지고 있다고 생각하겠구나."

"맞아. 더군다나 우민주 부장검사는 공식적으로는 해직당한 게 아니야. 그만둔 거지."

그리고 검찰은 언제나처럼 그가 저지른 범죄를 은폐하고 모든 걸 없는 것으로 돌려 버렸다.

"그러면 사람들이 보기에는?"

"살기 위해 도망쳤다?"

"빙고."

그 상황에서 사람들의 의심이 어디로 쏠릴까?

당연히 창동그룹과 조억기에게 쏠릴 수밖에 없다.

그리고 그 상황에서 우민주에게는 다른 선택지가 없다.

뒷수습을 하겠다고 자신들이 고용한 킬러까지 죽이려고 했던 놈들이 그녀를 살려 두려고 할 리 없으니까.

"이야, 넌 진짜……. 머리가 대단하구나."

오광훈은 혀를 내둘렀다.

그럴 수밖에 없었다.

노형진이 건 현상금은 무려 40억이다.

마이스터의 이름으로 10억, 익명으로 30억.

하지만 마이스터의 이름으로 내건 현상금은 그가 진실을 말하면서 자연스럽게 취소되었다.

그리고 익명으로 내건 30억. 그 주체는 조억기라는 오해를 불러일으켰지만 정작 조억기 입장에서는 특정된 이상 절대 지급을 못 한다.

왜냐하면 일단 자신들이 지급한다고 한 적도 없는 상황에서 줄 리도 없거니와, 킬러를 죽였다고 돈을 주면 현실적으로 자기들이 살인했다고 인정하는 꼴이 되니까.

"창동그룹이 아무리 돈이 많아도 30억이라는 돈이 흔적도 남기지 않고 빼낼 수 있는 금액은 아니거든."

물론 몰래 빼돌린 돈이라면 내고도 남을 테지만 진짜 자신이 내건 현상금도 아닌데 과연 그 돈을 주겠는가?

"부정하겠네. 자기들은 현상금을 건 적 없다고."

"그렇지."

그리고 그 상황에서 누구도 돈도 못 받는데 그들을 죽이려고 하지는 않을 거다.

결과적으로 노형진은 땡전 한 푼 안 들이고 어떤 협상도 하지 않고 그들의 입에서 원하는 정보만을 빼낸 것이다.

"이제 남은 건 우민주가 입을 여는 것뿐이야, 후후후."

진실은 때로는 좀 다르다

　우민주는 몰려든 기자들을 보고 자신의 선택이 틀리지 않았음을 알았다.

　도와 달라고, 제발 살려 달라고 빌었지만 검찰은 자신을 철저하게 버렸다.

　그랬는데 정작 오광훈은 자신과 그렇게나 사이가 안 좋았음에도 불구하고 어떻게 했는지는 모르지만 자신을 살려 줬다.

　킬러의 양심선언 이후에 그가 자신을 죽일 거란 생각이 사라지고 나자 좀 더 정신이 안정된 그녀였지만 그렇다고 해서 모든 게 해소된 건 아니었다.

　목숨이 위협받는다는 공포, PTSD는 생각보다 오래간다.

　"어떻게 생각해? 나 이제 안전해진 걸까?"

-우민주 부장검사님.

"그냥 선배님이라고 불러. 이제 부장검사도 아니잖아."

　-네, 선배님. 그런데 솔직히 말해서 그쪽에서 과연 포기하겠습니까? 이번에 이 지랄이 났으니 다음번에는 더 안전하게 처리하고 싶어 하겠지요.

"역시 그렇지?"

이번에는 운이 좋아서 살아남았다.

만일 첫날 반짝이는 빛을 발견하지 못했다면 그날이 바로 자신의 제삿날이 되었을 거다.

"조억기를 날려 버려야 안전하겠지?"

　-그럴 겁니다.

"알았어."

　-괜찮으시겠습니까?

"이렇게 죽나 저렇게 죽나."

살기 위해 뭐든 해야 한다.

이제는 나라가 보호해 주는 검사가 아니라는 걸 절감하면서 우민주는 힘이 절대적으로 필요하다는 걸 느꼈다.

그래서 더더욱 마음이 쏠리는 곳이 있었다.

"그런데 말이야, 혹시 새론에 자리 있을까?"

　-새론 말입니까?

"그래. 이번에 새론에서 하는 걸 보니까 그쪽으로 갈까 싶어서."

원래 있던 곳은 이미 자신이 미친년이 되었다는 소문이 돌 며 사직을 요구하고 있다. 검찰에서는 자신을 보호할 생각이 없고 말이다.

그런데 스타 검사가 죽었다고 무려 10억이나 현상금을 거 는 걸 보면서, 새론과 마이스터에 있으면 보호받을 수 있지 않을까 하는 생각이 든 것이다.

-새론 쪽 규칙은 아시죠?

"알아. 정리할 건 정리해야지."

자신이 돈 받고 덮었던 사건들을 다 자수하고 정리하고 오 라는 거다.

실제로 그렇게 되면 우민주는 적지 않은 벌금을 맞을 거다.

아무리 그래도 검사 출신이니까.

하지만 돈이 중요한 게 아니었다. 중요한 건 자신의 생명 이지.

-자리에 대해서는 한번 물어봐 드리겠습니다.

"그래 주면 고맙고."

물론 새론에는 자리가 있다. 애초에 새론은 이원화되어 굴 러가니까.

피해자를 보호하는 팀과 별개로 실제 범죄자를 변호하는 팀 말이다.

선한 사람 위주로 기업을 운영한다고 해도, 진짜 범죄자라 고 해서 모두 내칠 수는 없으니까.

변호사의 조력권은 법에서 정한 권리이고, 공평한 법률 지원을 이야기하는 새론에서 그걸 어길 수는 없는 탓이다.

물론 성향이 워낙 맞지 않아서 서로 왕래가 있는 건 아니지만 최소한 새론이라는 이름하에 마이스터의 보호를 받는 건 가능했다.

―그러면 이제 어쩌실 생각입니까?

"오래 기다릴 이유는 없을 것 같아. 어차피 일이 이 지경이 되었으니 시간이 지날수록 불리한 건 나잖아."

시간이 지나서 사람들이 이 일에 대해 망각해 버리면 다시 자신의 목숨이 위험해질 수 있다.

그러니 이럴 때는 차라리 빨리 일을 처리하는 게 안전하다는 걸 그녀는 알고 있었다.

"그리고 어차피 오래 기다릴 필요도 없고."

이미 우민주의 집 앞에는 수십 명의 기자들이 죽치고 앉아서 그녀가 나오기만을 기다리고 있었다.

혹시나 나오면 뭐라도 물어보기 위해서다.

그리고 이제 우민주는 그걸 피할 이유가 없다.

현상금 문제로 킬러가 사라진 걸 알고 있기 때문이다.

"마무리 지어야지."

그녀는 그렇게 전화를 끊고 자리에서 일어났다.

며칠간 씻지도 못하고 머리도 못 감고 화장도 못 했다. 잠도 제대로 못 자서 눈은 퀭하고, 다크서클은 턱 끝까지 내려왔을 정도다.

하지만 상관없었다. 이게 더 효과적이니까.

이게 기자들에게 어떻게 보일지 알기에 그녀는 이 모습을 이용할 생각이었다.

'검찰이 날 지켜 주지 않으니 나 스스로라도 지켜야 해.'

우민주는 그렇게 생각하면서 조심스럽게 현관문을 열었다.

그러자 예상대로 집 앞에서 기다리고 있던 기자들이 우르르 몰려들었다.

"우민주 씨?"

"우민주 검사님?"

"혹시 창동과 조억기에 대해 하실 말씀이 있습니까?"

몰려드는 마이크와 카메라를 보면서 심호흡한 그녀는 떨리는 목소리로 말했다.

"저는, 살기 위해서는 다른 선택지가 없었습니다."

⚖️

우민주의 인터뷰는 많은 걸 흔들었다.

아무리 검찰이 부패했다고 해도, 그리고 검사가 사회적으로 믿음을 잃어버렸다고 해도 결국 한국 사법의 한 축을 담당하는 것은 부정할 수 없는 사실이다.

더군다나 대한민국은 검찰이 하나로 동일시된다.

즉, 누군가 검사를 건드리면 그에 대한 보복을 모든 검찰이 나서서 하게 되는 것이다.

"이건 그냥 넘어갈 수는 없습니다."

"한 명도 아니고 두 명입니다! 두 명!"

검찰청 내부에서도 이 문제로 심각한 토론이 계속되고 있었다.

"하지만 상대방은 창동입니다. 거기다 현 회장이에요. 억울한 피해자가 나오는 건 아닐지……."

"뭐? 억울한 피해자? 이 새끼 말하는 거 보소? 지금 검사가 두 명이나 당했는데, 뭐? 억울한 피해자?"

"아니, 내가 말을 잘못한 건 아니잖소?"

"지랄하네. 그리고 보니 너 전남 쪽 검찰청 경력 있지?"

"아니, 그게 뭐가 문제가 되는 거요?"

"문제가 안 된다고? 너 계좌 한번 까 볼까? 지금 너 사는데가 한남동 아냐? 돈 썩어 문드러진다?"

"이 새끼가 어디서 지금 나 사는 곳에 태클을 걸어? 지는 강남 한복판 64평 아파트에서 살면서."

신중하게 조사하자는 측과 대대적으로 파고들어야 한다는 측의 주장은 첨예하게 대립하고 있었다.

그 꼴을 보고 있던 검찰총장은 한숨을 푹 쉬며 말했다.

"적당히 하지?"

"하지만 총장님, 이 새끼가……!"

"그러면 네가 나서서 수사를 하지 않겠다고 기자회견을 하든가."

"……."

그 말에 대번에 입을 다무는 그를 보며 총장은 눈을 찡그렸다.

"빨아 주는 것도 좋지만 선을 지켜야지. 지금 이게 빨아준다고 해결될 일이야?"

"하지만 이건 누가 봐도 증거가 없는 일이지 않습니까?"

"검사가 두 명이나 당했어. 그런데 뭐? 증거가 없어?"

만일 가해자가 재벌이 아니었다면?

증거를 만들어서라도 기소했을 거다.

"아니, 일이 이 지경이 되었으면 최소한 수사하는 척이라도 해야 할 거 아니야!"

"그거야……."

그 말에 다들 눈치만 살살 살폈다.

실제로 언론에 나간 이상 이걸 덮는 건 불가능하다.

"이게 어떤 상황인지 몰라서 이 지랄이야?"

여기서 겁먹고 꼬리를 말면 검찰은 재벌의 부하밖에 안 된다.

물론 그게 어느 정도 사실이기는 하지만, 그렇다고 해서 그걸 대놓고 인정할 수는 없다.

최소한 재벌이라도 단호하게 처벌한다는 쇼는 해야 한다.

"당장 수사해!"

"하지만 수사해도…….."

증거도, 증언도 없다.

사실 우민주의 주장도 증명할 수 없는 이야기일 뿐이다.

그렇다고 재벌가 회장님을 증거를 만들어서 집어넣을 수는 없는 노릇.

"일단 수사하라고! 이 새끼야!"

세상에 만만하게 보이지 않는 것. 그게 제일 중요했기에 검찰총장은 발끈하면서 소리를 질렀다.

"알겠습니다."

"그리고 오광훈, 아니 스타 검사들 좀 뽑아서 수사에 참여시켜."

"네?"

그 말에 다들 흠칫했다.

오광훈을 비롯한 스타 검사들은 그들에게 있어서 가장 엮이기 싫은 놈들이니까.

"굳이 그래야 합니까?"

"너, 이번에 현상금 걸린 거 보면서 느낀 거 없나?"

그 말에 다들 꿀 먹은 벙어리가 되었다.

그 모습을 보며 검찰총장은 혀를 끌끌 찼다.

"스타 검사가 죽었어. 그리고 마이스터는 10억이나 되는 현상금을 걸었지. 그런데 스타 검사를 빼고 수사했다가 창동 그룹이랑 조억기가 무죄 나오면? 마이스터가 그냥 '아, 그렇군요.' 할 것 같아?"

그 말에 다들 침을 꿀꺽 삼켰다. 그건 생각해 보지 못한 부분이니까.

"아마 그런 결과가 나오면 창동은 망할 거야."

100% 망할 거다.

그리고 그로 인한 엄청난 파급력이 한국을 강타할 거다.

물론 중요한 건 그게 아니다.

사실 창동이 망하든 말든 검찰과는 상관없는 일이다.

회사가 망해서 경제가 폭망 하든 말든, 검찰은 아무런 상관도 없다.

"그런데 말이다, 아무리 재계 순위 안에 못 들어가는 놈들이라고 해도 대기업까지 망하게 하는 놈들이 우리라고 가만둘 것 같냐?"

"그거야……."

당연히 그럴 리가 없다.

증거가 조작되었다고 생각하고 마이스터에서 사적제재를 하기로 하면 아무리 검찰이라고 해도 막을 수가 없다.

기소 독점권? 압수수색? 미국계 기업에 그게 무슨 의미가 있겠나?

이미 그 짓거리는 질리게 했지만 그 결과는 그걸 시도한 검사들이 모조리 감옥에 가거나 옷을 벗는 것이었다.

"공정하게 하라는 말씀이십니까?"

"최소한 그렇게 보이게는 하라는 거다, 이 멍청한 새끼들아."

수사 팀에 스타 검사들을 배치하고, 그들이 사건 조사에 문제없다고 판단하면 최소한 검찰에서 사건을 조작했다거나 증거를 감췄다는 이야기는 나오지 않을 거다.

"창동그룹이야 어떻게 되든 우리는 살아야 할 거 아니야."

검찰총장의 말에 다들 고개를 끄덕거렸다.

"현명한 말씀이십니다."

"저희가 그 부분을 생각하지 못했습니다. 역시 선견지명이 있으시군요."

이 상황에서 검찰총장을 빨아 재끼는 인간들.

"그러니까 무조건 스타 검사들을 집어넣어. 어차피 그 새끼들이라고 별 뾰족한 방법이 있는 건 아닐 테니까."

그 말에 다들 수긍하고는 고개를 끄덕거렸다.

⚖️

"와, 답 없네, 시팔."

오광훈은 기록하면서 눈을 찡그렸다.

답이 없다. 지금 상황이 딱 그랬다.

"어이, 홍 검사. 뭐 좀 있어?"

"전혀요. 서류는 완벽하게 깨끗해요."

"특정할 수 있는 건?"

"없어요, 전혀."

"환장하겠네."

십수 년 전 사건. 그 사건 기록에는 범인을 특정할 수 있는 게 하나도 없었다.

담당자인 우민주가 범인이 창동그룹과 조억기라는 주장을 하기는 했지만 그렇다고 해서 뭔가 바뀌는 건 아니었다.

예상대로 창동그룹에서는 그녀의 정신이상을 물고 늘어지기 시작했으니까.

그랬기에 여론이 창동그룹과 조억기를 의심하고 있다 해도 그들을 처벌하는 것은 또 별개의 문제였다.

"검사가 사건을 덮으려고 조작했으니 남은 게 없겠지."

우민주가 무능한 검사라면 흔적이라도 남았을지 모르는데, 애석하게도 그녀는 유능한 사람이었다.

그래서 절대적인 남초 세계인 검찰청에서도 부장검사라는 고위직까지 올라갈 수 있었던 거다.

"이래서야 진짜 무죄가 나오게 생겼는데요."

"그 실종된 운전기사 쪽은 아무것도 안 나와?"

"전혀요."

그나마 가능성이 있는 건 실종된, 그래서 아직도 발견되지 않은 운전기사뿐이었다.

하지만 그것도 거의 가능성이 없다고 봐야 했다.

"이제 와서 발견하는 건 불가능하죠. 거기다가 이미 가족들도 사망신고를 하고 보험금까지 싹 다 수령한 상황이라서요."

그래서 그 가족들도 딱히 찾을 거라는 기대는 하지 않는 눈치였다.

"어디에 묻어 버린 거라면 그나마 나은데……."

"인천이니까."

숲도 아닌 바다가 바로 옆이다.

그리고 바다에 시신을 버리면 사실상 찾는 건 불가능하다.

인천 지역에 적을 두고 있던 월미파 놈들이 배 한 척 구하지 못했으리라는 건 말도 안 되고 말이다.

"정말 답이 없는 건가?"

심지어 나이트클럽은 그 사고 이후에 사라졌다.

열네 명이나 죽은 나이트클럽에 사람이 올 리가 없으니까.

그리고 그 후 상당 기간 비어 있다가 지금은 초대형 카페가 들어선 상황.

"CCTV도, 증인도 없어."

오광훈은 이를 악물었다.

이대로는 그냥 모든 게 종결 처리될 판국이다.

"창동에서는 뭐래?"

"당당하다 못해 아주 그냥 이참에 검찰을 길들이겠다고 길길이 날뛰고 있어요."

"검찰을 길들이겠다고?"

"나중에 자기들한테는 찍소리도 못 하게 하겠다 이거죠."

"미친 새끼들."

"문제는 이게 진짜로 그렇게 될 상황이라는 거예요."

정황상 운전기사를 죽인 것 역시 화우민일 것이다.

그런데 화우민이 죽은 지는 오래되었다.

그러니 화우민과 엮어서 그들을 압박하는 건 불가능한 상황.

"노 변호사님은 뭘 알까요?"

홍보석은 한탄스럽게 말했다.

사실 홍보석은 자존심이 센 편이다. 그래서 어지간한 사건은 스스로 해결하지, 노형진의 도움을 받는 걸 좀 꺼렸다.

하지만 그럼에도 불구하고 이번만큼은 도움을 요청해야 할 만큼 심각한 상황이었다.

지금 조억기를 체포하지 못하면 결과적으로 검찰을 효율적으로 죽이는 방법을 재벌가에 알려 주는 꼴이 되니까.

"글쎄. 일단 물어나 볼까?"

증거도, 단 하나의 실마리도 없는 상황.

그 상황에서 스타 검사들 역시 그런 오광훈의 말에 동의할 수밖에 없었다.

"증거? 그거야 나야 모르지."

"역시."

예상대로 노형진에게도 증거는 없었다.

아니, 정확하게는 증거만 없다고 표현하는 게 맞으리라.

"그런데 혹시 사건 조사의 방향이 잘못된 거 아니야?"

"응? 왜?"

"지금 조사 방향이 뭔지 다시 한번 생각해 봐."

"두 커플과 운전기사 그리고 화우민의 죽음에 관련된 진실이지."

그 건만 드러나면 상원성에 대한 살인은 자연스럽게 밝혀지기 때문에 다들 그쪽으로 조사하고 있었다.

그런데 노형진은 그 말을 듣고는 혀를 끌끌 찼다.

"역시 전혀 엉뚱한 곳을 파고 있었구만."

"엉뚱하다고?"

"그래. 애초에, 벌써 십수 년 전의 사건인데 증거가 있겠냐?"

증거가 있지만 과학기술이 발달하지 못해서 못 찾는 것도 아니고, 그 당시에 아예 증거 자체가 없던 사건이다. 이제 와서 증거를 찾는 건 불가능하다.

"그러면 어디를 파라는 거죠?"

홍보석의 질문에 노형진은 당연하다는 듯 말했다.

"저라면 화우민을 파겠습니다."

"이미 파고 있어요. 하지만 화우민 쪽도 아무것도 없다고요. 심지어 유가족들도 아는 게 없고."

"알고 있습니다. 하지만 제가 말하는 건 화우민의 죽음 그

자체가 아니라 화우민이 왜 죽었을까에 초점을 맞춰 보라는
겁니다."

"왜 죽었느냐니?"

"화우민은 살인을 직접 실행한 사람이야. 어설프게 협박
해 봐야 자기만 죽는다는 걸 알고 있었겠지."

"그랬겠지?"

실제로 화우민은 사건 이후에 철저하게 입을 다물고 한 지
역의 보스로 살아왔다. 그랬기에 검찰조차도 진범인 줄 전혀
모르고 있었고.

"그놈은 자기 자리에 만족하고 있던 놈이라고. 그런 놈이
갑자기 미쳐서 창동그룹과 조억기를 협박했을까?"

"응?"

"조억기가 보여 주는 행동 패턴은 그거잖아. 자신을 추적
하면 죽인다. 그런데 화우민이 죽었잖아. 그러면 둘 중 하나
아냐?"

"둘 중 하나. 아, 그렇겠네."

하나는 화우민이 협박을 통해 돈 좀 챙겨 보겠다고 과욕을
부려 처분당했을 가능성.

다른 하나는 누군가 추적해 들어와서 어쩔 수 없이 증인이
될 만한 화우민을 처분했을 가능성.

"전자의 가능성은 높지 않다고 생각하는데."

그 말에 홍보석의 얼굴이 진중해졌다.

그도 그럴 게 그 말 그대로였으니까.

"그렇겠네요. 화우민도 돈이 없는 건 아니었으니까."

아무리 작고 개떡 같은 조직이라지만 그래도 보스라는 이름으로 생활하고 있었다.

실제로 사후에 상속 내용을 보면 재산이 적지 않았다.

더군다나 화우민은 온갖 고문을 다 당하다 죽었다.

누군가가 그를 처분한 거라면 김소라의 말대로 단번에 처분하지 고문하지는 않았을 거다.

고문을 했다는 것은 뭔가를 알아내려고 했다는 소리니까.

"그러면 창동그룹에서 왜 그를 죽였겠어?"

"누군가 추적해서 들어와서, 이미 그쪽에 정보를 건네줬는지 확인하고 처리했다?"

"그래."

"아무 증거도 없는데."

"일단 그렇지."

노형진은 입맛을 다시면서 말했다.

"그런데 말이야, 이 부분은 알아야지. 애초에 우리는 화우민이 살인을 했다고 생각하고 있잖아. 우민주의 말도 그렇고."

"그렇지."

"그런데 말이야, 화우민은 월미파 시절에 행동대장이었다면서? 행동대장이 혼자 일 받아서 임의로 행동하는 게 가능해?"

"어?"

그 말에 가장 먼저 반응한 것은 바로 오광훈이었다.

왜냐하면 그는 조폭 출신이니까.

그러니까 그 내부가 굴러가는 방식에 대해 누구보다 잘 알고 있다.

"말도 안 되는 소리지."

혼자 일을 받아서 개인적으로 처리한다?

그걸 가만두는 조폭은 없다.

그런 일을 하는 건 조폭이 아니라 킬러다.

조폭은 상부에서 일을 받아 오면 아래에서 처리하는 식이다.

"하지만 월미파는 완전히 와해되었잖아요."

항쟁 중에 보스는 죽었고 남은 놈들은 모조리 마약에 취해서 불을 질러 감옥으로 끌려갔다.

사형을 선고받았기 때문에 그들이 밖에 나와서 뭔가를 한다는 것은 불가능하다.

"그걸 알 만한 다른 사람은 없어? 고위직이라든가."

"있긴 했겠지만 그런 놈들은 항쟁 중에 죽거나 그 사건 이후에 다 뒈졌는데."

자기들을 죽이겠다고 불까지 지른 놈들을 가만히 놔둘 조폭은 없다.

현장에 동원된 놈들 외에도 극소수의 월미파 놈들이 있었지만, 살아남은 갈매기파 놈들이 그들을 잔인하게 도륙했다.

그래서 그 당시 경찰은 월미파가 와해된 후에 갈매기파 놈들도 박살 내 났다.

"누군가는 살아남지 않았을까?"

"누군가라……."

그 말에 고민하던 오광훈이 문득 한 가지 가능성을 생각했다.

"행동대장이 혼자서 움직이라는 법은 없지."

"그게 무슨 소리예요, 선배?"

"보통 이런 살인은 팀으로 많이 하거든."

"팀요?"

"그래, 팀."

물론 범죄가 걸려서 감옥에 갈 때는 한 놈이 독박을 쓰는 게 일반적이기는 하다.

실제로 영화나 드라마에서도 킬러가 난입해서 죽이고 도망가는 모습을 보여 주기도 한다.

"하지만 그게 쉬운 건 아니잖아."

타깃이 도망치거나 반격에 나설 가능성도 무시할 수 없다.

영화나 드라마에서야 극적인 효과를 위해 한 명이 한다지만 현실은 다르니까.

"그래, 팀. 물론 행동대장이 리더이기는 하지만."

하지만 최소한 일을 같이하거나 하다못해 운전이라도 해 주는 시다바리 한 놈은 같이 가는 게 일반적이다.

"그에 대해서는 아는 바가 있어?"

"전혀요."

이미 사건 기록을 확인해 봤지만 누군가 같이했다는 기록
은 없다.

당연한 거다. 애초에 화우민이 범인이라는 것도 몰랐으니까.

"그러면 기록에 없는 누군가가 같이 일을 했다고요?"

"그래, 그리고 시간이 지나자 협박을 한 건지도 모르지."

"왜요?"

"글쎄."

이유가 무엇일지는 오광훈도 알 수 없었다.

하지만 둘 사이에 오고 가는 문답을 듣던 노형진은 상황이
너무 빤히 보여서 혀를 끌끌 찼다.

"화우민은 부자였잖아. 자기 조직을 이끌 만큼."

"그렇지?"

"그러면 그 돈을 걔가 어디서 벌었겠어? 애초에 감옥에서
출소한 놈이 무슨 돈이 있어서 조직을 세워?"

"설마?"

"설마가 아니라, 살아남은 새끼는 그 새끼 하나뿐이라면서?"

정확하게는 항쟁의 끝에 출소한 건 화우민뿐이다.

그러니 화우민은 출소 이후에 조직의 감춰진 돈에 손댔을
가능성이 크다. 광천파도 바로 그 돈으로 만들었을 것이다.

"그걸 본 누군가가 튀어나와서 자기 지분을 요구했다?"

"나라면 그러지 않을까?"

확실히 그럴 거다.

하지만 문제는, 그걸 요구한다고 해도 화우민이 줄 리가 없다는 거다.

의리? 조폭들 사이에 그런 게 있을 리가 없다.

"그러면 다른 방법으로 돈을 챙기고 싶겠지."

"협박!"

그 말에 두 사람의 눈이 커졌다.

실제로 조폭들 중에서 세상 물정 모르는 놈들이 그런 실수를 많이 한다.

선을 넘어서, 협박으로 돈을 더 뜯어낼 수 있다고 생각하는 것이다.

"다른 범인이라고?"

전혀 생각해 보지 못한 부분이다.

하지만 생각해 보면 충분히 가능성 있는 가설이었다.

사람 혼자서 시신을 옮기는 건 쉬운 일이 아니다. 특히나 진짜로 바다에 시신을 버렸다면, 최소한 두 사람은 필요하다.

"하지만 그게 누군지 알 수 있어요?"

"항쟁이었다면서요? 그러면 그 사건과 관련해서 감옥에 간 놈이 한둘은 아닐 것 같은데요."

"확실히 그러네."

물론 체포하기가 쉬운 건 아니다.

조직 간의 항쟁은 빠르게 치고 빠지는 게 기본이기 때문이다.

하지만 누군가는 중간에 체포된다.

당장 화우민도 중간에 체포되어서 감옥에 가지 않았던가?

"기록을 찾아보면 비슷한 시기에 감옥에 간 놈이 있지 않을까요?"

홍보석의 말에 오광훈은 자리에서 벌떡 일어났다.

"당장 가서 확인해 보도록 하지."

⚖

한국은 조폭의 계보를 상당히 철저하게 관리한다.

그리고 그중에서도 범죄를 저지른 놈들은 더욱 철저하게 관리한다.

그래야 놈들이 나중에 다른 범죄를 저질렀을 때 추적이 쉽기 때문이다.

찾아보니 역시나. 비슷한 시기에 비슷한 이유로 감옥에 갔다 온 놈이 하나 있었다.

"월미파 서준방이라……."

서준방. 체포 당시 나이 31세. 일반 조폭은 아니고 행동대장급은 될 만한 나이이다.

실제로 조직마다 다르기는 하지만 보스는 한 명이고 행동대장은 여럿을 두는 경우가 많다.

왜냐하면 그래야 애들을 갈라서 관리시킬 수 있기 때문이다.

한 명에게 관리시키면 그가 다른 조직원들을 휘어잡아서

보스를 제치고 자리를 차지하려 하기 때문이다.

"그래서 보통은 보스 한 명에 행동대장은 적게는 세 명, 많게는 다섯 명 정도 두지."

그중에서 서준방은 항쟁 초기에 체포되어 교도소에 간 조직원이었다.

"죄목이 살인이네요."

"그래."

화우민은 항쟁 후반부에 체포되어서 폭행으로 감옥에 갔지만 서준방은 항쟁 초창기에 살인으로 감옥에 갔다.

그래서 서준방은 화우민보다 더 일찍 감옥에 들어가 더 늦게 나왔다.

"출소 시기가 딱 그때예요. 화우민이 죽었을 때."

"화우민이 어떻게 죽었지?"

"변사체로 발견되었잖아요, 누군가에게 고문당하고 칼에 찔려서."

말을 하던 홍보석은 설마 하는 얼굴로 말했다.

"서준방일까요?"

"무시할 수 없지."

서준방이 출소해 보니 조직은 사라졌고 돈은 모조리 화우민이 집어삼켰다. 그래서 화우민에게 돈을 달라고 요구했지만 거절당한다.

"그래서 협박해서 돈을 뜯어내려고 한 걸까?"

"물론 그랬을 수도 있지. 하지만 변수가 많아. 중요한 건 그거지. 서준방이 사건에 어떤 식으로든 관련되어 있다는 것."

"하지만 애초에 서준방이 어떻게 화우민을 납치할 수 있었을까?"

"그러게요."

오광훈도 홍보석도, 그게 여전히 의문점이었다.

화우민이 이전 동료라는 이유만으로 돈을 주겠다고 했을 리가 없다.

더군다나 화우민은 아무리 그래도 명색이 한 조직의 보스다. 그런 놈을 납치해서 죽인다는 것은 절대로 쉬운 일이 아니다.

"납치?"

그런데 그 말을 듣고 있던 노형진은 고개를 갸웃했다.

"응, 그게 의문점이야. 너도 들었잖아."

노형진은 그 말에 고개를 끄덕거렸다.

하지만 자신이 전부 들은 건 아니다. 고문당하고 나서 죽은 건 알지만 화우민이 어디서 발견되었는지는 못 들었다.

"어디서 발견되었는데?"

"인적이 드문 산속에서."

"혹시 그거 기록 확인할 수 있어?"

그 말에 오광훈은 당시의 수사 기록을 노형진에게 건넸다.

노형진은 아무래도 사건 당사자가 아니다 보니 아직 화우민과 연관된 사건의 기록을 제대로 확인하진 못했기에 그걸 한참을 읽었다.

사건의 개요는 간단했다.

화우민은 누군가에게 납치당해서 인적이 드문 곳으로 끌려갔다. 그리고 상당 시간 구타당하고 그 후에 칼에 찔려서 사망.

그 외 범인의 유전자나 사진, 흔적 등 단서는 전무하여 추가적인 조사가 불가.

"이 정도면 우민주가 사건을 덮은 게 아니라 실제로 아무것도 못 했을걸."

국과수에서 사방을 이 잡듯이 뒤졌지만 아무것도 나오지 않았다고 했다.

그도 그럴 게 숲이라는 공간은 이물질이 무척이나 많은 데다가 워낙 바람도 많이 부는 곳이라 실제로 아무것도 찾을 수가 없었기 때문이다.

"그러면 서준방이 화우민을 납치해서 죽이고 도망간 거라고?"

"그러지 않았을까?"

"그러면 말이 안 되는데."

"뭐가?"

"서준방에게 화우민을 죽일 이유가 없잖아."

노형진의 말에 오광훈은 고개를 갸웃했다. 그게 무슨 말인지 처음에는 이해하지 못했으니까.

"아니, 상식적으로 서준방이 화우민을 죽인다고 뭐가 생기는 것도 아니잖아. 이제 막 출소했는데."

"돈 안 주니까 죽인 거 아니야?"

"그러면 협박이라는 요소가 뒤틀리는데?"

화우민을 협박해서 돈을 뜯어내면 모를까, 창동그룹과 조억기를 협박할 이유가 어디에 있겠는가.

"그러면 뭐지?"

그 말에 노형진은 혹시나 하며 서준방과 화우민의 사진을 번갈아 바라보았다.

그러다가 문득 어떤 생각이 들었다.

"반대 아니야?"

"반대라니?"

"화우민이 서준방을 죽이려고 하다가 일이 틀어진 거 아니냐고."

"응?"

그 말에 홍보석도 아차 싶었다. 그 생각은 못 했으니까.

"그게 가능할까요?"

"불가능할 것 같지는 않은데요. 서준방이 감옥에 있었다지만 싸움 실력이 어디 간 건 아니었을 테고."

물론 오래 쉬었다면 약해질 수도 있다.

하지만 감옥에서 몸을 관리한 사람과 밖에서 보스로서 느긋하게 삶을 즐긴 사람은 실력 차이가 제법 날 수밖에 없다.

"사진만 봐도 화우민이 훨씬 뚱뚱한데?"

한때 폭력 조직의 행동대장이었던 사람이 얼핏 보기에도 넉넉한 사람 좋은 아저씨 수준으로 살이 쪘다.

그에 비해 출소 직전에 찍은 사진 속의 서준방은 여전히 날카로운 모습을 유지하고 있었다.

"교도소 식단이 살찔 만한 식단은 아니지."

돈이 있으면 교도소 내부에서 사식이라도 사서 먹을 수 있겠지만 솔직히 서준방은 그럴 돈이 없었을 가능성이 크다.

"몸 관리를 한다고요?"

"그런 경우가 제법 많아. 솔직히 조폭 출신들은 자기가 편하자고 몸 관리하기도 하고."

"네?"

그 말에 홍보석은 이해가 되지 않아서 되물었다.

감옥에서 몸 관리라니.

그러자 그쪽 계통에 대해 잘 아는 오광훈이 바로 부연 설명을 했다.

"교도소 내에서 방장을 하면 여러 가지 혜택이 있거든."

"그렇죠."

"그런데 방장을 고를 때 누굴 고르겠어? 형량 높은 놈? 아니면 실수로 들어온 놈?"

아니다. 내부 인원들을 제압할 수 있는 놈을 고른다.

현실적으로 그럴 수밖에 없다. 방장이 제대로 하지 못하면 그 방은 개판이 되니까.

물론 너무 폭력적이고 위험한 놈들은 제외하지만, 그래도 적당히 방 내부의 기강을 잡아 줄 수 있는 놈을 고르는 게 교도소의 암묵적인 룰이다.

"그리고 약간의 편의를 봐주는 거지."

"약간의 편의라……."

"규정대로 굴러가는 곳이 얼마나 되겠어."

"오 검사님은 잘 아시네요?"

"크험, 나는 교정에 관심이 많거든."

애써 말을 돌린 오광훈은 가능성에 대해 한 가지 더 이야기했다.

"그리고 돈이 없잖아. 그러면 사식이나 먹고 싶은 것도 못 먹는단 말이야. 그럼 그걸 먹을 방법이 뭐가 있겠어?"

"아, 그러네."

방장이 되고 방 내부에서 영향력이 커지면 같은 방의 죄수들이 뇌물을 바치기 마련이다.

때때로 방장 노릇을 잘하면 돈이 되는 내부 근무지로 보내 주거나 하기도 한다.

그리고 그렇게 모은 돈은 사식을 사 먹을 때 쓰인다.

"방장 자리를 빼앗기지 않으려면 결국 몸 관리를 해야 하거든."

물론 교도소의 방 내부에서 몸 관리하는 건 명백한 규칙

위반이다. 설사 맨몸 운동이라고 해도 말이다.

　하지만 사실 그걸 지키는 사람은 거의 없다.

　왜냐하면 달리 할 게 없으니까.

　"꾸준히 몸을 관리한 전직 조폭과 살이 찐, 이제는 자기 관리를 그만둔 조폭이라……."

　홍보석은 심각한 얼굴로 중얼거렸다.

　"죽이려고 하다가 도리어 제압당했다 이건가요?"

　"불가능한 건 아니지. 서준방이 바보는 아닐 거 아니야?"

　돈을 주겠다는 등의 이유로 접근해서 인적이 없는 곳으로 데려간다면 당연히 의심할 수밖에 없다.

　"그래서 역습을 당했다?"

　"그럴 수도 있지 않겠어요? 애초에 화우민은 살인을 해 본 놈이에요. 그런데 두 번은 못하겠습니까? 아니, 이번이 세 번째일 수도 있겠네요."

　노형진은 그렇게 말하면서 시신이 발견된 곳의 사진을 가리켰다.

　"여기는 이정표도, 아무것도 없어요. 심지어 차를 세울 곳이 마땅치도 않잖아요."

　"그렇죠."

　"그러니까 처리할 만한 곳으로 데려가던 중 이를 눈치챈 서준방이 공격해 온 거 아닐까요."

　아마도 운전은 화우민이 했을 거다.

서준방이 운전면허가 있기는 하지만 교도소에서 갱신했을 리는 만무하고, 설사 유지되고 있다고 해도 교도소에서 운전 연습을 시켜 줄 리는 없으니까.

"흠, 그러면 저항하지 못한 것도 말이 되는데."

운전하는 상황에서 선공을 당하고 정신을 못 차리는 와중에 차에서 끌어내려져서 개처럼 처맞고 그 후에 살해당했다.

확실히 가능성이 있는 일이었다.

"그러면 어디로 가려던 걸까?"

"뻔한 거 아니야? 어딘가 조직원이나 처리할 놈들이 기다리고 있었겠지."

"그 조직원은 살인을 못 할 거라고 했잖아?"

"폭행이야 하겠지. 폭행도 못하는 조폭은 없잖아."

확실히 그들은 폭행만 하고 마무리는 화우민이 담당하는 것도 가능하다.

조폭 입장에서는 두목이 얼마나 두려운 놈인지 알게 되는 계기도 되어 줄 테고.

폭력 조직은 상부에 대한 공포감이 지배에 강력한 영향을 준다.

"납치된 게 아니라 납치하다가 역으로 당한 거다라……."

"그러면 현장에 차가 없었던 것도 말이 되지."

납치당해서 차가 없는 게 아니라, 살해당하고 서준방이 차를 끌고 사라진 것이다.

아무리 운전을 못 한다고 해도 한번 운전면허를 따 두면 생각보다 운전을 쉽게 할 수 있다.

더군다나 과거에 운전 경험이 충분한 사람이라면 금방 익숙해질 거다.

"현대의 차량은 솔직히 액셀만 밟아도 가잖아."

"그건 그렇지."

그러니 그곳에서 차를 몰고 떠나는 건 불가능한 일이 아니다.

"모종의 장소에서 기다리던 놈들이 누군가를 족치려고 대기했었다고 증언하지는 않을 테고."

그들은 아무리 기다려도 보스가 오지 않자 돌아왔을 테고, 나중에는 입을 다물었을 것이다.

경찰에게 찾아가서 '사람을 죽이려고 기다렸는데 안 왔습니다.'라고 고백할 바보는 없으니.

"그러면 그놈들을 찾아봐야겠네."

"한번 족치면 편하기는 하겠네. 어차피 자기들은 죄가 없다고 생각해서 대놓고 활동하고 있을 테니 찾는 건 어렵지 않을 거야."

노형진의 말에 오광훈은 고개를 끄덕거렸다.

하지만 그렇다고 해서 모든 문제가 다 해결된 건 아니었다.

"문제는 서준방인데……."

서준방에 관련된 기록을 보면 그 이후에는 아무것도 없다.

계좌도 없고, 출소 이후에는 아무것도 남은 게 없다.

"죽은 걸까요?"

"글쎄, 살아 있지 않을까?"

오광훈은 그렇게 말하면서 눈을 찡그렸다.

"만일 노 변호사의 예상이 맞다면 화우민에게서 창동이 자신을 죽이려고 한다는 걸 들었을 거야."

그렇다면 어떻게 해서든 숨어 지내려고 했을 거다.

사람을 몇 번이나 죽인 대기업이 자신을 죽이려고 한다?

출소한 지 얼마 안 된 서준방 입장에서는 공포 그 자체일 것이다.

더군다나 본인이 그들의 청부를 받아서 살인까지 했던 상황이라면 더더욱 그들에게 두려움을 느낄 거다.

"인천? 아니야. 인천은 현실적으로 무리야."

너무 복잡하게 생각하는 오광훈을 보면서 노형진은 혀를 끌끌 찼다.

"쉽게 가."

"뭘 쉽게 가?"

"현상 수배하면 되잖아."

"현상 수배?"

"그래. 내가 보기에는 현상 수배하면 자수할 것 같은데."

"아니, 왜?"

"지금 같은 시대에 돈도 없이 도망 다니는 게 쉽겠어?"

심지어 창동그룹에 쫓기면서 사는 게 쉬울까? 그럴 리가 없다.

"그러니까 아마 시궁창에 처박혀서 살걸."

죄를 뒤집을 가능성이 있다면, 그래서 살아남을 수 있다면 어쩌면 자수할지도 모른다.

"일단 질러 보면 반응이 있겠지. 아직 이쪽은 시간이 있으니까."

이제 마지막 진실을 향해 한 걸음 나아갈 시간이었다.

다음 권으로 이어집니다